I Shall Master This Family

I Shall Master This Family

3

WEBTOON BY: MON, Ant Studio
ORIGINAL STORY: Roah Kim

Aus dem Koreanischen von
Annabell Führes

Inhalt

Kapitel 14

Whaah...
Aaaaaah!
Bin ich müde...
PLU
MPS
Aua... mein Bauch.
Ich frag mich, ob ich das viele Essen überhaupt verdauen kann.
SCHMERZ
GRUMMEL
GRUMMEL
Geschehnisse aus dem Palast der Königin, die vor ihrem inneren Auge vorbeiziehen

Firentia, wo um alles in der Welt hast du gesteckt?!
Die Eichhörnchen waren so niedlich, da bin ich...
Ein Glück sind Sie unverletzt.
Puhh...
KNUD
DEL
Der Plan, der letztendlich irgendwie aufgegangen ist...
Haha.
Die Angenas und die Lombardi.
Es ist so schön zu sehen, wie diese zwei Standpfeiler des Königreiches ihre Kräfte vereinen.
HAHA
STICHEL
STICHEL
... und das Bankett, das wie ein Traum an mir vorbeizog.
Ich werde immer noch sauer, wenn ich darüber nachdenke.
Wie kann er die Angenas mit den Lombardi auf eine Stufe stellen?!
RUCK
SCHNIEF
Mein Magen...
GRUMMEL
GRUMMEL
GRUMMEL
GRUMMEL

Aber die größte Überraschung war tatsächlich...
KLANK
Die Wachen der Königin haben unsere Kutsche angehalten, obwohl sie das Wappen der Lombardi trug.
... dass mein normalerweise ängstlicher Vater...
... seinen Unmut so standhaft vor dem König und der Königin vertreten hat.
Selbst als wir erneut auf unsere Zugehörigkeit zu den Lombardi hinwiesen, wurde auf die Kontrolle bestanden.
Das hat meine Tochter sehr verängstigt!

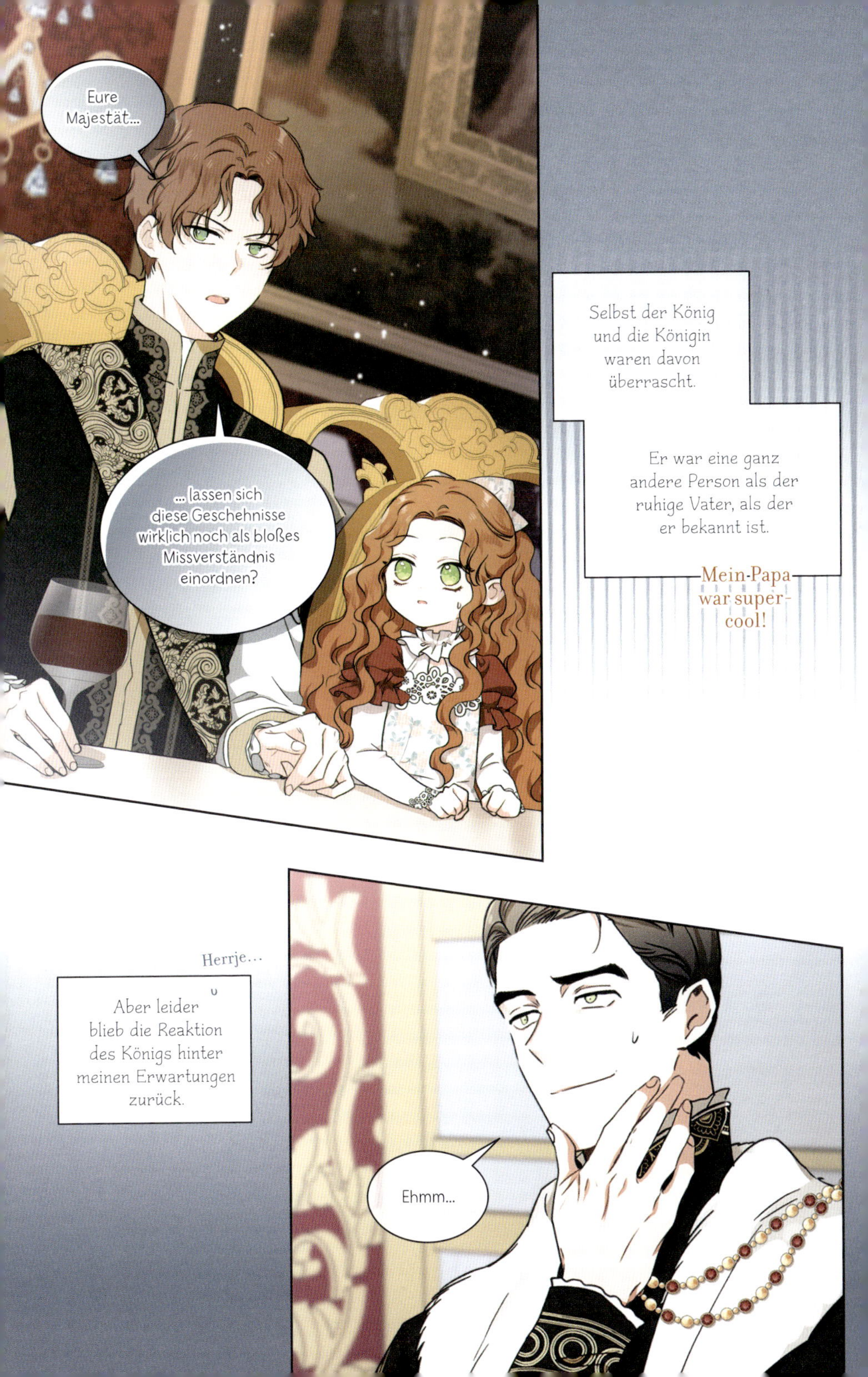

Eure Majestät...
... lassen sich diese Geschehnisse wirklich noch als bloßes Missverständnis einordnen?
Selbst der König und die Königin waren davon überrascht.
Er war eine ganz andere Person als der ruhige Vater, als der er bekannt ist.
Mein Papa war super-cool!
Herrje...
Aber leider blieb die Reaktion des Königs hinter meinen Erwartungen zurück.
Ehmm...

Die Wachen der königlichen Familie strotzen so vor Loyalität...
... dass sie meinen alten Bekannten Unrecht getan haben.
HAHAHA
KICHER
Scheint, als hätten sie ihre Anstellung in meinem Palast erst vor Kurzem angetreten.
Aber es gab eine Sache, die sich als Wahrheit bewährt hat.
SEUFZ
Sie sind noch nicht mit allen Regeln vertraut.
Der König hatte bereits zuvor versucht, die Lombardi mittels der Angenas zu kontrollieren...
... da war es auch diesmal keine Überraschung, dass er die Königin in Schutz nahm.
DREH
ZUCK
Ich bitte Sie, als Adeliger den Bürgerlichen dieses Mal zu vergeben.

Sir Gallahan Lombardi.
Und es wurde klar, dass die Königin selbst einen Groll gegen die Lombardi hegt.

Viese, dieser Blöd- mann!
Den Angenas konnte man noch nie vertrauen.
Selbst wenn es den zweitgeborenen Prinzen nie gegeben hätte...
... hätten die Angenas die Lombardi nur ausgenutzt und am Ende ihrem eigenen Schicksal überlassen.

Aber etwas Gutes hatte die Sache immerhin.
Ich hatte wahnsinniges Glück, den zweiten Prinzen gleich bei meinem ersten Besuch zu entdecken und ihm die Tinktur übergeben zu können.
Hätten wir uns verpasst, hätte ich mir noch ein paar mehr Gründe einfallen lassen müssen, um zum Palast zu reisen.
Die Erinnerungen aus meinem vergangenen Leben dienen mir als nützlicher Kompass...
... aber ich darf mich nicht der Illusion hingeben, dass ich alles über jeden und die kommenden Ereignisse wüsste.
WÄLZ
Besonders, weil sich im Vergleich zur Vergangenheit bereits vieles verändert hat.

Vater erfährt schon jetzt mehr Aufmerksamkeit als jemals zuvor...
... und die Beziehung zur Königin hat sich verschlechtert.
Der Zweite Prinz leidet nicht länger unter der Vergiftung und wird Stück für Stück gesünder.
Dennoch ist nicht abzuschätzen, welche Auswirkungen diese kleinen Veränderungen auf die Zukunft haben werden.
Aber wenigstens für heute...

... wünsche ich dir eine ruhige Nacht ohne Schmerzen.
Gute Nacht...
... Perez.

KRRRRK
RUMMS
TAPP
TAPP
TAPP
...
BLINZEL
Ab jetzt gibt es zwei Sachen, die ich unbedingt tun muss.
SRRRT
ZIEH
SRRRT
Erstens muss ich zweimal pro Tag diese Medizin zu mir nehmen, egal was auch passiert.
TRÄUFEL
Immer nur einen Löffel.

SCHLUCK
Eww.
HUST
HUST
HUST
HUST
ROLL
ROLL
HUST
Und zweitens muss ich diese Süßigkeiten essen, wenn der Geschmack der Medizin zu bitter wird.
MURMEL
KNUSPER
Süß...

Ich werde nicht sterben.
KNUSPER
Mein Großvater beschützt mich, also mach dir um mich keine Gedanken.
KNUSPER
Ich werde dir helfen.
KNUSPER
Ich wünsche mir, dass du weiterlebst.

Nein...
... ich denke sogar, dass du um jeden Preis überleben musst!
KNUSPER
KNUSPER
So süß...
... Firentia.

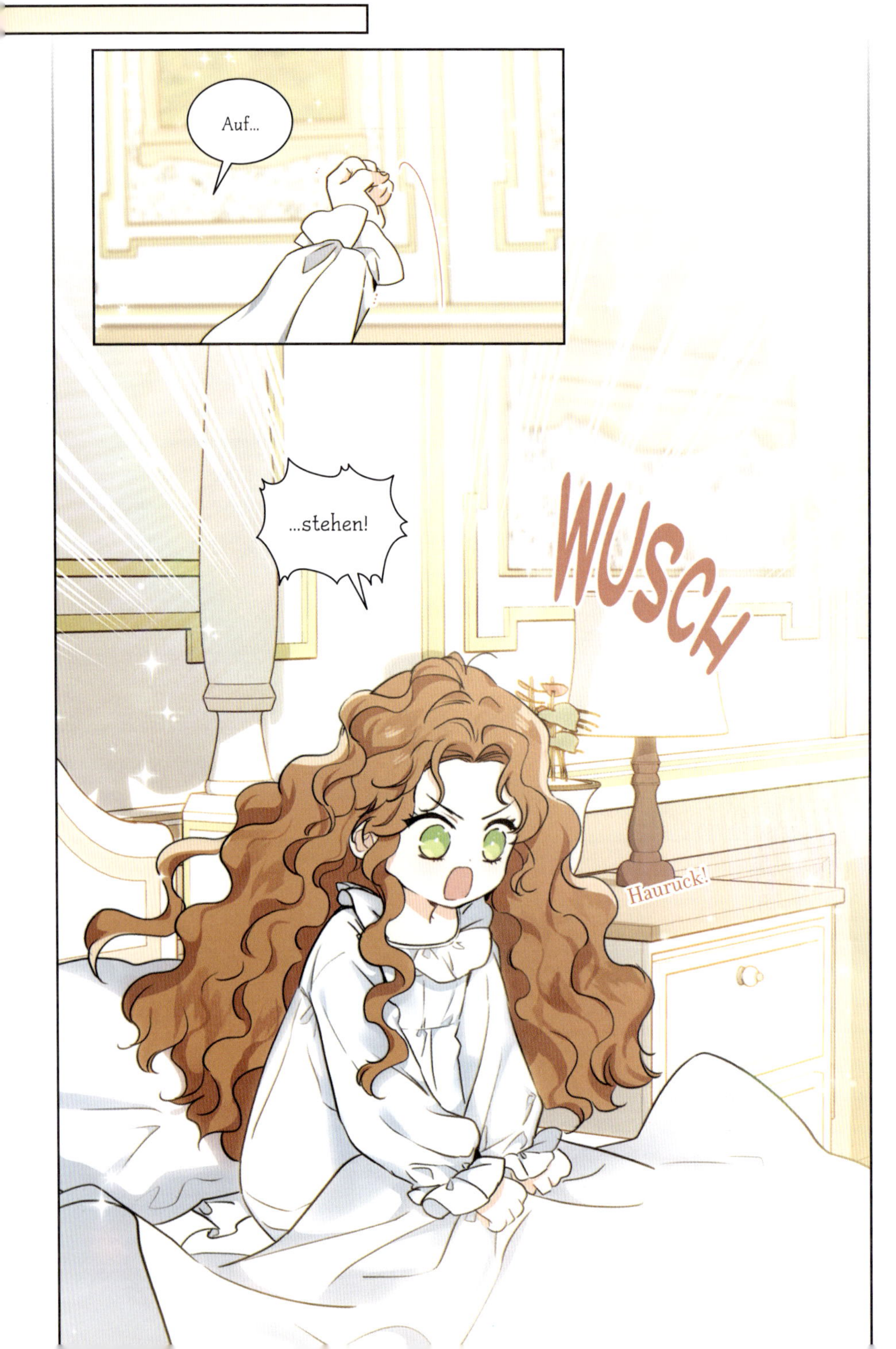

Auf...
...stehen!
WUSCH
Hauruck!

Ich muss aufmerksamer sein und mehr Details über die Geschehnisse in Erfahrung bringen, die ich eigentlich schon kenne.
Ab heute gibt es für mich keine Ausreden mehr.
Meiner Tia schmeckt selbst zum Frühstück schon Steak. ♥
MAMPF
MAMPF
MAMPF
MAMPF
Wie wäre es heute mit einer blauen Schleife?
Schön!
Ich muss schnell so viele Vorbereitungen wie möglich treffen.
TAPP
Wie zum Beispiel...

RUMMS
Estira!
SCHRECK
Miss Firentia!
Wie ist der Besuch im Palast verlaufen?
FLITZ
Ist alles...
Lass uns dein Empfeh-lungsschreiben besorgen!
... Estira einen Monat vor Bewerbungsschluss der Akademie zur Aufnahme zu verhelfen!

Estira ist Doktor O'Malleys beste Schülerin.
Er hat ständig von ihr geschwärmt und immer wieder ihr breites Wissen, aber auch ihren Ehrgeiz und ihre Genauigkeit gelobt.
Wenn es der Wunsch seiner Lieblingsschülerin ist, wird er sicherlich ein Empfehlungsschreiben ausstellen!
Eine Empfehlung für die diesjährige Bewerbung?

BA
Die habe ich bereits einer anderen Person ausgestellt...
BAMMMM
Einer anderen Person? Wem?!
ZACK
Jemandem, den ich vor einigen Jahren unterri...
Aber wieso?!
Selbst wenn Sie mich fragen, kann ich nicht...

KLACK
Es tut mir leid, Estira.
Mach dir keine Sorgen, ich werde ein anderes Empfehlungsschreiben auftreiben.
SCHMOLL
Haaaaa…
Ich war zu unvorsichtig.
Jeder weiß, dass ein Empfehlungsschreiben von Doktor O'Malley, dem Leibarzt der Lombardi…
… nichts anderes als eine kostenlose Eintrittskarte zur Akademie darstellt.
Gleichwertig mit einer Black VIP Mitgliedskarte.
Hoho!
Oder einem Blankoscheck!
WUÄÄÄ ÄÄÄÄÄH

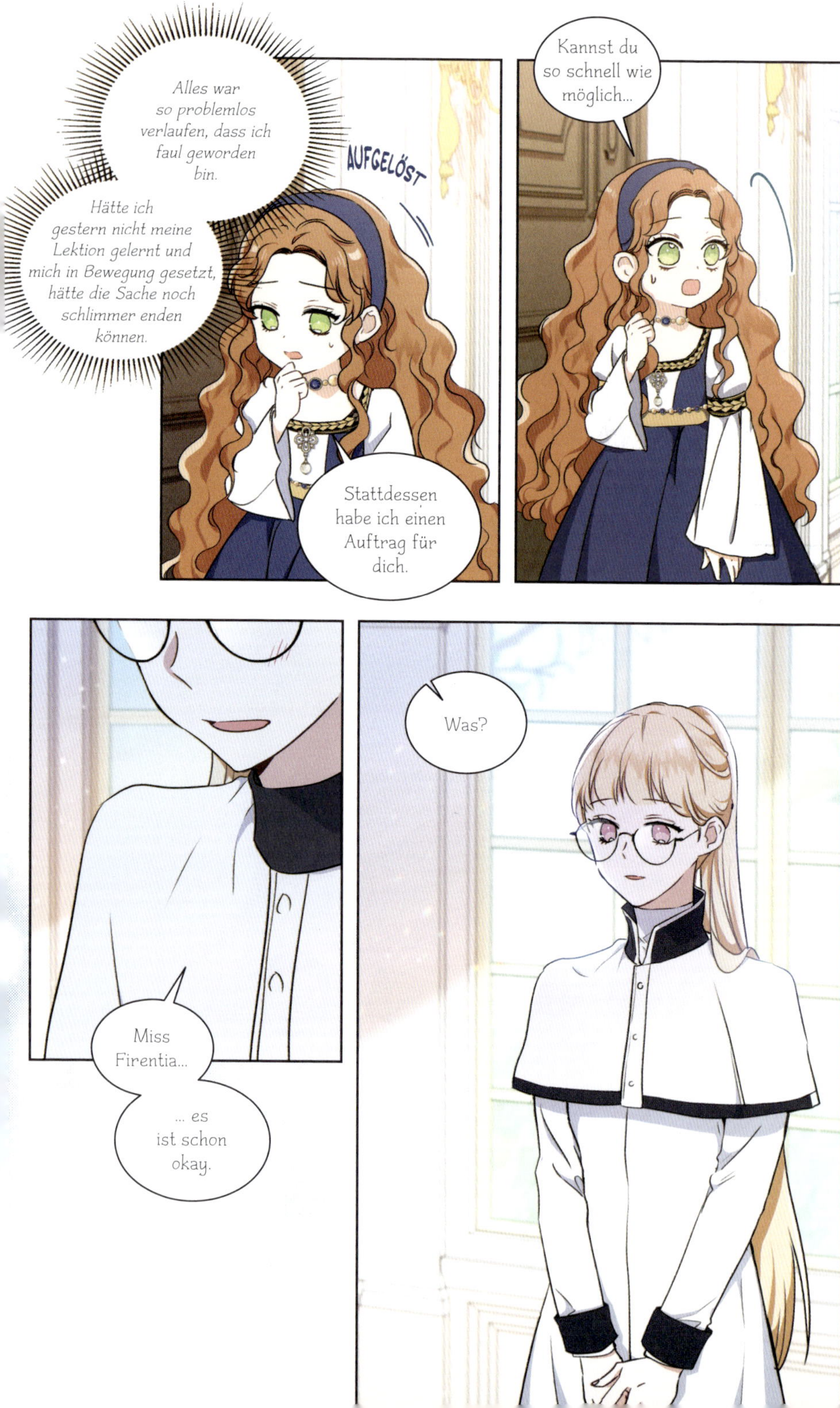
Alles war so problemlos verlaufen, dass ich faul geworden bin.
Hätte ich gestern nicht meine Lektion gelernt und mich in Bewegung gesetzt, hätte die Sache noch schlimmer enden können.
AUFGELÖST
Stattdessen habe ich einen Auftrag für dich.
Kannst du so schnell wie möglich...
Was?
Miss Firentia...
... es ist schon okay.

Das ist…
Ich habe gehört, dass man für das Forschungsdepartment der Akademie, im Vergleich zu den anderen Studiengängen, viel mehr Vorwissen und vor allem wahnsinnige Fähigkeiten braucht.
Ich bin zwar die Schülerin von Doktor O'Malley, aber ich bin auch noch jung…
… und habe noch viel zu lernen.
KRATZ
Deswegen hat der Herr Doktor sich sicherlich auch entschieden, das Empfehlungsschreiben einem anderen Schüler auszustellen.
Wieso redet sie sich so klein?!
Und wer soll ihr diese Worte abkaufen, wenn ihr die Enttäuschung so offensichtlich ins Gesicht geschrieben steht?
Ah!
Aber natürlich bin ich Ihnen sehr dankbar für alles, was Sie für mich getan haben.
Ich werde mein Bestes geben, damit ich nächstes Jahr auf jeden Fall…
Jetzt warte doch mal, Estira!
HASTIG
HASTIG
BEB
BEB

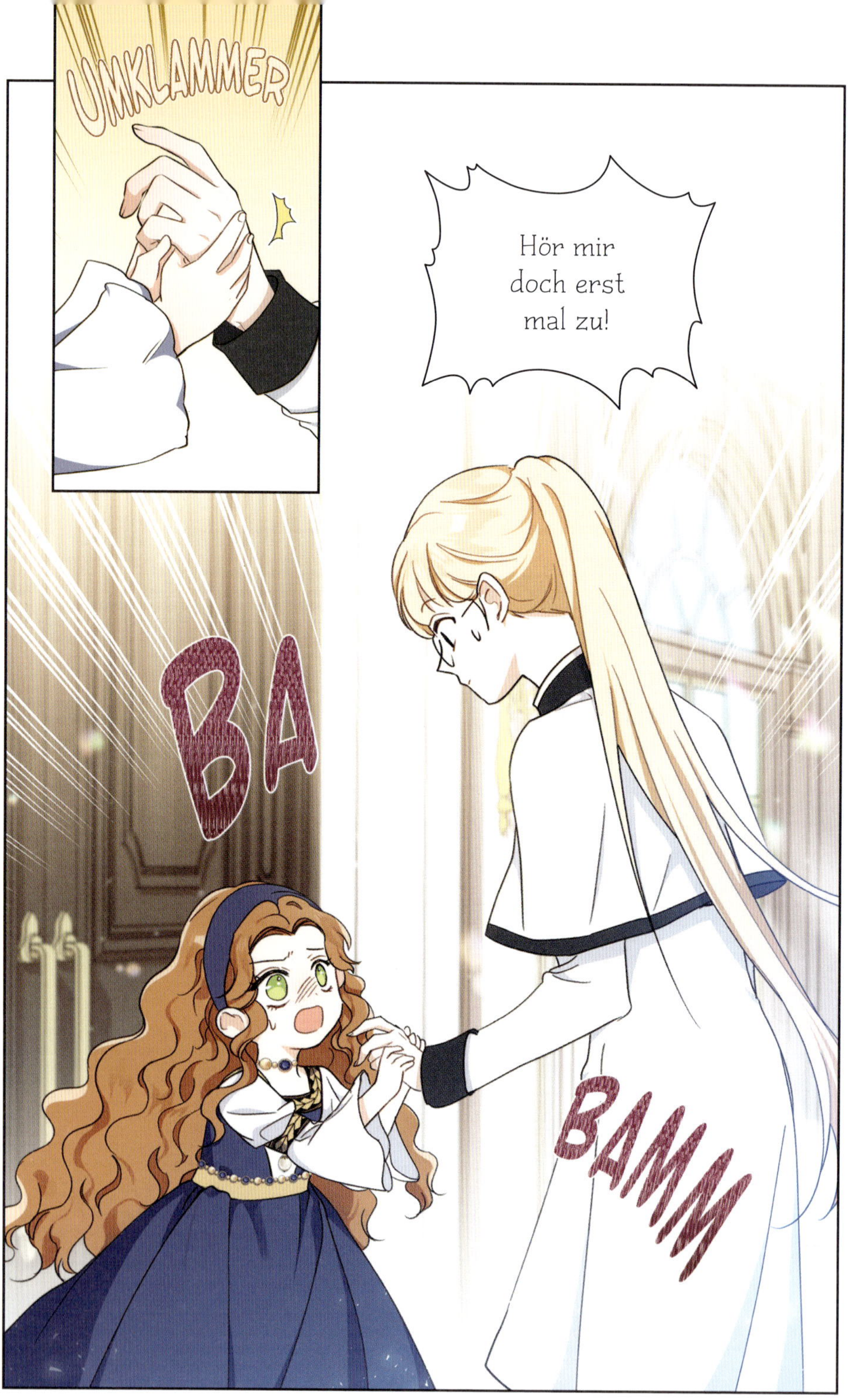
UMKLAMMER
Hör mir doch erst mal zu!
BA
BAMM

Das darf nicht sein.
Egal, was auch passiert...
... ich muss dich um jeden Preis dieses Jahr auf die Akademie schicken...!

...
Also...
KLACK
... konnten Sie sich etwas beruhigen?
Ja... tut mir leid.
ERRÖT
Kurz zuvor
Ich... bin natürlich zu allem bereit aber...
... wir sind hier genau vor dem Büro des Doktors und wenn Sie so laut reden, stören wir ihn sicherlich.
Upps!

Die Situation kam für mich total unerwartet. Deswegen habe ich mich wohl zu sehr mitreißen lassen.
SCHMOLL
Ich habe mir die Sache zu einfach vorgestellt, nur weil ich dieses Leben schon einmal gelebt habe.
Wie wäre es mit einer Tasse Tee?
J...Ja, ich bitte darum.
SCHUUUK
Bitte sehr.
Da wir diesmal kein Gebäck haben, habe ich mich für einen süßen Kräutertee entschieden.
KLACKER
Danke dir, Estira.

PUUST
...
Miss Firentia.
Was Sie vorhin zu mir ge-sagt haben... war nur um...
HALT
... mich zu trösten, richtig?

Was...?
Ich bin wirklich nicht traurig.
Es ist nicht so, als hätte ich es nicht geahnt.
Es wäre gelogen zu behaup-ten, dass ich mir keine Hoffnungen gemacht hätte. Aber...
... was soll ich sagen?
SCHÄM
SCHÄM
Nein.

Wie bitte?
Ich habe dir versprochen, ein anderes Empfehlungsschreiben aufzutreiben.
Wieso sollte ich dich dann trösten?
Es gibt da etwas, das ich dich fragen möchte.

Wieso...
... redest du dich ständig so klein, Estira?
ZÖGER

Ehm...
Das ist... ehh...
Wie ich Ihnen bereits sagte, bin ich noch sehr jung und...
Und in diesem jungen Alter hast du es geschafft, Schülerin des Leibarztes der Lombardi zu werden!
Sollte allein das nicht ausreichen, um dich selbst als großes Talent zu rühmen?
Ich weiß alles. Ich bin oft genug hier ein- und ausgegangen und habe alles miterlebt.
Du bist doch diejenige, die fast alle Medikamente herstellt, die im Behandlungszimmer des Arztes benutzt werden, oder nicht?
Und die Medizin, die du selbst entwickelt hast...
... ist so effektiv, dass Doktor O'Malley gern auf sie zurückgreift.

Der Effekt kann sich echt sehen lassen. Wir können dieses Mittel ab jetzt im Behandlungsraum während der Erstversorgung einsetzen.
Meinen Sie wirklich?
Ist das denn erlaubt?!
Naja...
Damals habe ich es als Teil der Ausbildung verstanden und mir nichts weiter dabei gedacht.
Das...
Das war doch nichts Besonderes.
VERLEGEN
Solange man nur die Zusammensetzung kennt, könnte jeder...
Estira...
... ich kenne mich mit Medizin nicht aus.
Aber auch ich weiß, wie kompliziert es ist, die verschiedenen Komponenten aufzubewahren...
... und dass sich der Effekt der Medizin verändert, sobald man auch nur ein bisschen mehr oder weniger von einem Stoff dazugibt.

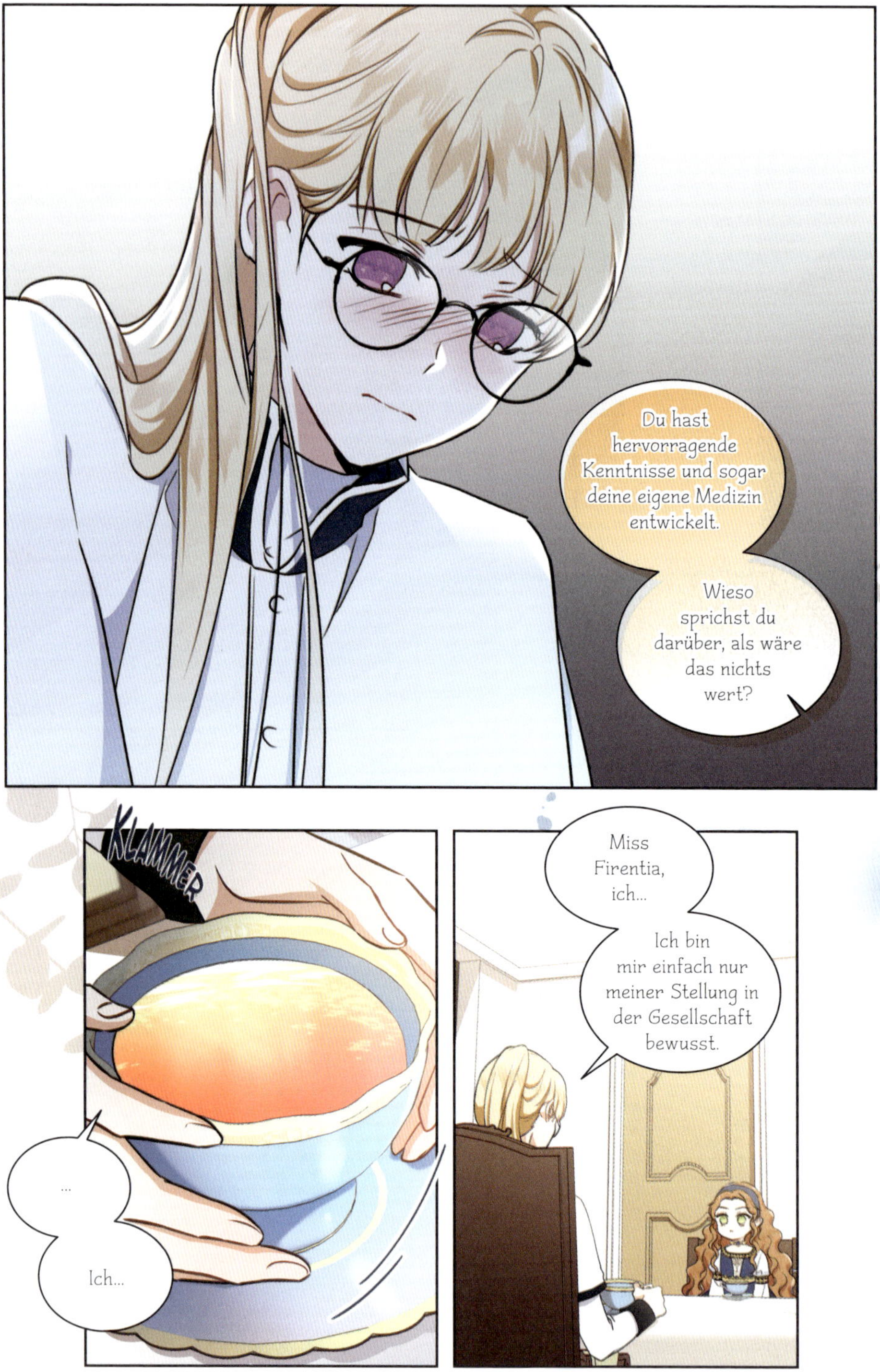
Du hast hervorragende Kenntnisse und sogar deine eigene Medizin entwickelt.
Wieso sprichst du darüber, als wäre das nichts wert?
KLAMMER
...
Ich...
Miss Firentia, ich...
Ich bin mir einfach nur meiner Stellung in der Gesellschaft bewusst.

ZÖGER
Es ist nicht so, als würde ich ihren Standpunkt nicht verstehen.
Eine bürgerliche Frau, noch dazu in so jungem Alter.
Sicherlich gab es bisher unzählige Ereignisse, in denen sie ignoriert oder herabsetzend behandelt wurde.

Ich weiß genau, was Worte und Blicke mit einem Menschen machen können.
Wie es sich anfühlt, wenn deine Fähigkeiten und Talente als pures Glück abgestempelt werden...
... und dir Ignoranz vorgeworfen wird, sobald du nach etwas Höherem strebst.
Dann machst du dich kleiner und immer kleiner...
... bis du am Ende selbst davon überzeugt bist, dass du deine aktuelle Position gar nicht verdient hast.
Genau so war es in meinem vergangenen Leben.

SEUFZ
Ich weiß, dass ich mit meiner Hilfe eine Grenze überschreite.
Immerhin hast du es vorher ganz aus eigener Kraft geschafft, in die sagenumwobene Akademie aufgenommen zu werden…
… und eine Karriere hingelegt, die keiner mehr ignorieren konnte.
Ich bin weder eine Expertin noch eine Erwachsene…
… deswegen versteh ich, wenn es dir schwerfällt, mir zu glauben.
Aber Estira?
Eine Sache musst du wissen.

Wie wäre es damit?
?
FUNKEL
Ich hab dir ja gesagt, dass ich dir ein Empfehlungsschreiben besorgen werde.
Es wäre viel zu schade, wenn du dich von solchen Blicken einschüchtern lassen würdest.

Ich werde meinen Großvater dazu bringen, dir ein Empfehlungsschreiben auszustellen!
BA
BAMM
IN TRANCE

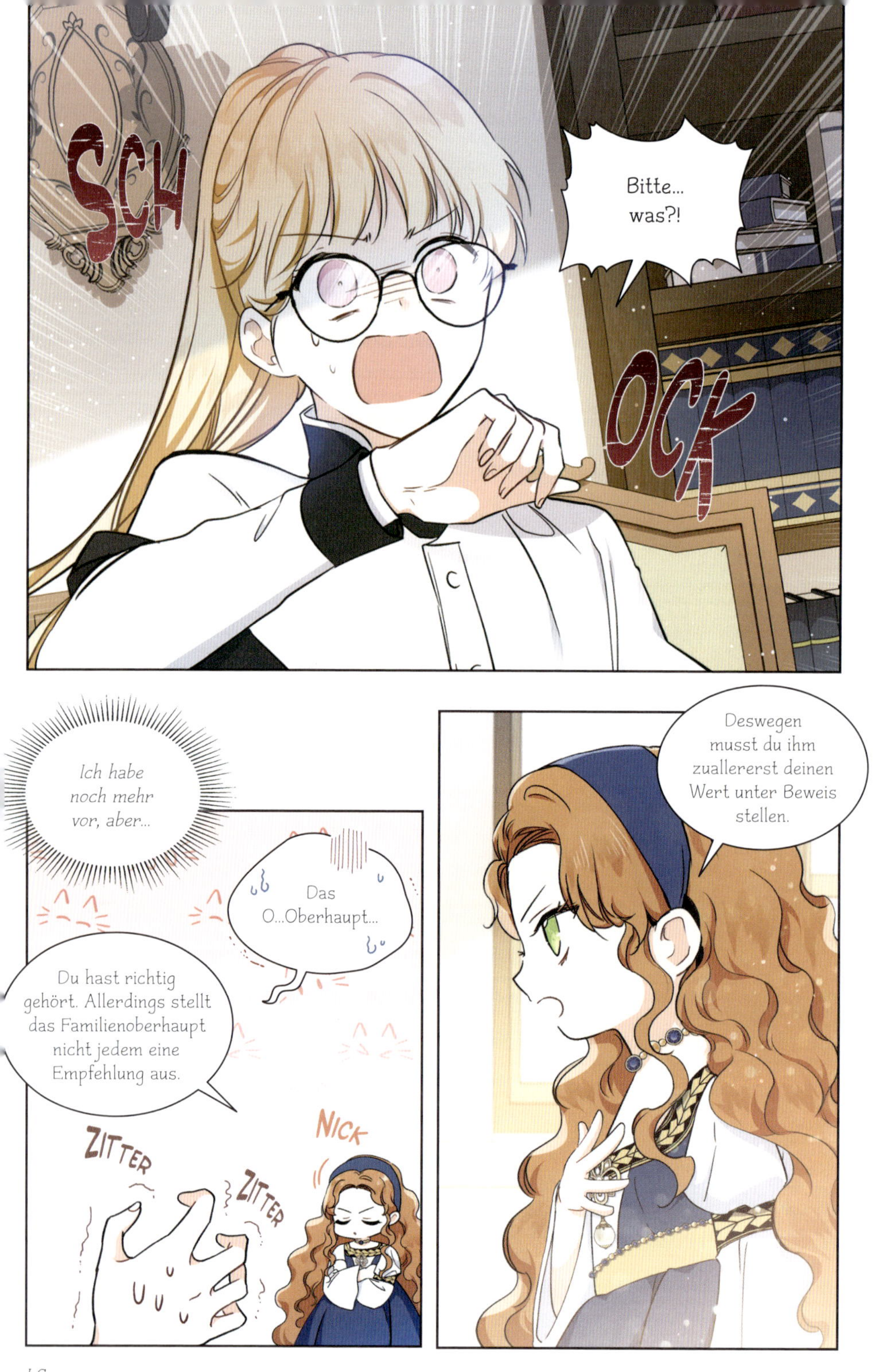
SCH
OCK
Bitte... was?!
Ich habe noch mehr vor, aber...
Deswegen musst du ihm zuallererst deinen Wert unter Beweis stellen.
Das O...Oberhaupt...
Du hast richtig gehört. Allerdings stellt das Familienoberhaupt nicht jedem eine Empfehlung aus.
ZITTER
ZITTER
NICK

Wir brauchen Beweise, dass du würdig bist, das Vertrauen der Lombardi zu erhalten.
RUCK
Das geht zu weit!!
Wie…
… wie könnte ich es mir anmaßen…
Ich zwinge dich nicht dazu.
Wenn dir alles zu viel wird, werde ich mich nicht weiter einmischen.

Ich schlage es dir nur vor, weil ich mit ganzem Herzen davon überzeugt bin, dass du es schaffen kannst.

Und selbst wenn du scheitern solltest...
... kannst du deine Bewerbung um ein Jahr verschieben. So hast du es selbst gesagt.
Es ist nur dieses eine Mal, Estira.
Möchtest du nicht an dich selbst glauben und austesten, wie weit du es schaffen kannst?
BALL
Ich...

Dann werde ich den Punkten auf der Liste folgen.
Ich danke dir.
Natürlich. Und bezüglich der Platzierung der neuen Bücherei denke ich, da...
KLACK!
Großvater!
Oh? Bibliothekar Brochel ist auch hier...?
GUCK-GUCK
Die zwei hier zusammen?
Kann das...

So ein Volltreffer!!
STRAAHL
Schönen guten Tag, Sir Brochel!
Guten Tag, kleines Fräulein.
Ich bin momentan in einer Besprechung mit dem Familien-oberhau...
Oh? Was gibt es, Firentia?
Bist du gekommen, um mit deinem Opa zu spielen?
Hohoho!
STRAHL
?!
HEHEHEHE
Diesmal nicht. Ich bin heute hier, weil ich deine Hilfe brauche!

Das Ober...
...Oberhaupt, ist...
Hoho, ist das so? Wenn meine Enkelin Hilfe braucht, gibt es nichts, das dein alter Opa nicht schaffen kann.
GLÜCKSELIG
Meinst du wirklich?
Er lässt sich während einer Besprechung ablenken?!
SCHOCK
Und sieh sich einer den Ausdruck auf seinem Gesicht an!
GRINS

Ich brauche ein Empfehlungs-schreiben für die Königliche Akademie in deinem Namen, Großvater!
KLIRR
Eisklotz
STARR
GLÜCKLICH
…
Es scheint, als hätte das junge Fräulein irgendwo etwas Komisches aufgeschnappt.
RÄUSPER
Miss Firentia, bei allem Respekt, das Oberhaupt der Familie kann nicht so mir nichts dir nichts Emp-fehlungsschreiben ausstellen.

Ah...
STRAHL
... und von Ihnen brauche ich auch eins, Sir Brochel.
Eisklotz 2.0
KNAA
Wie bitte?!
ARCKS

...
Es geht also um Estira...
MÜMMEL
MAMPF
MAMPF
Wieso bin ich noch...
Du sprichst sicher von der Schülerin von Doktor O'Malley.

ZUCKER
SÜSS
Genau!
Sie ist wirklich unschlagbar, wenn es um die Herstellung von Medikamenten geht.
Sie stellt... sie selbst her?
Jap! Doktor O'Malley benutzt vermutlich nichts anderes mehr.
Ah, stimmt!
Sir Brochel, Sie dürften auch die Medizin bekommen haben, die Estira hergestellt hat!
Das war, als Sie sich tief mit dem Papier in die Hand geschnitten hatten...

In der Tat habe ich von Doktor O'Malley eine neue Salbe verschrieben bekommen.
Sie roch besser als die letzte, war aber viel weniger klebrig. Die Arbeit mit den Büchern war mir dadurch ein Leichtes.
Aber du sagst, diese junge Frau hätte sie hergestellt...
... und nicht der Doktor selbst?
So ist es! Ich stand neben ihr und habe es direkt gesehen.

Ho!
Lediglich über Heilpflanzen zu lernen...
... oder sein Wissen derart effektiv anwenden zu können, dass man neue Medizin herstellt, sind in der Tat sehr unterschiedliche Dinge.
Wenn die Erzählungen des jungen Fräuleins stimmen, dann...
... wäre jede Minute, die dieses Kind seine Fähigkeiten nicht an der Akademie weiterentwickelt, verschwendet.
So wie beim letzten Mal mit diesem jungen Bildhauer.
Es scheint, als ob sich Talente nur so um meine Enkelin tummeln.
(UNNÖTIGERWEISE)
SCHWITZ
Allerdings...
... bedeutet das Ausstellen eines Empfehlungsschreibens auch, dass ich meine absolute Garantie für den Erfolg dieser Person gebe.

Dein Opa ist zwar in der Lage, Stipendiaten aufzunehmen...
... aber den Namen der Lombardi für eine Person ins Feuer zu legen, ist keine leichtfertige Angelegenheit.
...
Damit habe ich gerechnet.
Hoho...
Sei nicht allzu enttäuscht.
Mit dem Empfehlungsschreiben von Sir Brochel wird der Aufnahme in die Akademie ebenso wenig im Wege...
Ich werde es dir beweisen.

Was sagst du da?
Allein vom Hörensagen wird es euch sicher schwerfallen, Estiras Talenten Glauben zu schenken.
Ihr solltet euch selbst davon überzeugen...
... wie herausragend Estiras Medizin wirklich ist.

Aber falls die Medizin euch überzeugen sollte, müsst ihr *beide*...
... eine Empfehlung ausstellen.

So jedenfalls…
… habe ich es hochtrabend verkündet.
GRÜBEL

Das Oberhaupt der Lombardi und ein ehemaliger Professor der Königlichen Akademie…
… haben mehr Lebenserfahrung als jeder andere.
GRÜBEL
Es braucht mehr als nur eine effektive Medizin, um die beiden zufrieden-zustellen.
Wir brauchen etwas, das einen tiefen Eindruck hinterlässt.
Mit welcher Art von Medizin können wir ihre hohen Erwartungen nur erfüllen?
Habe ich etwa zu vorschnell gehandelt?

Aber da uns Doktor O'Malley seine Empfehlung nicht mehr geben kann...
... sind wir auf das Ansehen einer prestigeträchtigen Person angewiesen. Wir müssen nur den Fakt wettmachen, dass er oder sie kein Experte im Bereich der Medizin ist.
Nur dann werden die anderen Schüler Estira akzeptieren und sie sich in Ruhe auf ihre Forschung konzentrieren lassen.
ÄÄÄH
WUAAA
Denk nach, Firentia.
Dir muss doch irgendwas einfallen.
RAUCH
...
RAUCH
RAUCH
RAUCH
...
...

Aber...
... wieso ist Vater denn so schlecht drauf?
MURMEL
MURMEL
MURMEL
Ehh...
MURMEL
HAAAAAAAAAAH
SCHIIIIIEB ~~
Ohje. Wenn er weiter so tief atmet, gibt es bald keinen Sauerstoff mehr im Raum.

Gut, ich finde im Moment sowieso keine Lösung für mein Problem, egal, wie ange-strengt ich darüber nachdenke.
Ich werde mich auf andere Gedanken bringen und rausbekommen, wie ich Vater helfen kann.
ZIEH
Papa...
... wieso seufzt du so?
STARR
Bekümmert dich etwas?

Nein, es ist nichts Besonderes.
Ich habe meine Gedanken nur etwas wandern lassen.
Meine süße Tochter!
Goldig wie immer.
KNUDDEL
Wenn man ein Problem hat, kann es helfen, mit anderen darüber zu reden!
Da habe ich dir wohl Sorgen bereitet, Tia.
Es ist wirklich nichts…
GLUBSCH

...
Nein, es...
FUNKEL
FUNKEL
GLITZER
GLITZER

Das...
Papa... denkt an eine neue Geschäftsidee.
K.O.
HEHE
Aber ich zögere noch, weil ich kaum Erfahrung habe.
KRATZ
Wow! Nach diesem superweichen Stoff jetzt gleich die nächste Idee?
STRAAAHL
Was ist es? Ich will es auch wissen!
Ich bin soooo neugierig!
VERLEGEN
Naja, die Sache ist...

So etwas in der Art eben.
War das noch etwas zu kompliziert für dich, Tia...?
SCHÄM
A...

BA-
DUMM
Absoluter Wahnsinn!
HAHA
Ja, viel zu schwierig.
GRÜBEL
PUH
Wie könnte ein so junges Mädchen das auch verstehen?
Ist mein Papa in Wirklichkeit ein unentdecktes Genie?!
Wie kann er in diesem Zeitalter schon an so eine Innovation denken?
Wenn dieses Geschäft ordentlich Fuß fasst...
... könnte das maßgeblich die wirtschaftliche Entwicklung des ganzen Königreiches beeinflussen!
Aber danke dir dennoch Tochterherz, dass du mir so aufmerksam zugehört hast.
Aber das wird er mir nicht glauben, selbst wenn ich es ihm sagen würde.
TÄTSCHEL
TÄTSCHEL
Ehehehe.

GEISTESBLITZ
Was Papa jetzt braucht, ist...
... einen Erwachsenen, der sich mit den Erfolgschancen dieses Geschäfts auseinandersetzt und ihm nützliche Tipps gibt.
Papa? Weißt du was?

Wie wäre es, wenn du dich mit deinen Fragen an Sir Clerivan wendest?
Clerivan... dein Lehrer?
eiskalt
messer-scharf
Clerivan in Gallahans Vorstellung
Genau, mein Lehrer...
... beantwortet alle Fragen immer sehr freundlich, wenn wir mal etwas nicht wissen.
Ach... so...
Hmmm...
Clerivans hervorragenden Geschäftssinn muss ich sicherlich nicht noch einmal extra erwähnen.
Und da sie bereits beim Coroy-Geschäft auf einer Wellenlänge waren...
... gibt es niemand Besseren, der Papa beraten könnte.

Ja, wieso nicht. Wenn meine Tia es so möchte, kann Papa es ja einmal versuchen.
STRAHL
Sir Clerivan legt viel Wert auf Ordnung.
Es wäre gut, wenn du erst mal all deine Gedanken aufschreibst, bevor du mit ihm darüber sprichst.
...
...
!

Das ist es!
Es gibt kleine Probleme, die jeden von uns betreffen und die uns erschöpfen, ohne dass wir uns dessen bewusst sind.
Ein Medikament für solche Fälle würde gerade wegen der hohen Reichweite durch die Decke gehen.
Es kommt nicht immer auf die Besonderheit oder die Größe eines Produktes an.
Großvater und Bibliothekar Brochel sind nicht nur schon alt, sondern sitzen dazu auch noch den ganzen Tag.
BALL

HAU
Und angenommen...!
RUCK
... Tia?
Papa, ich bin mit meinen Freunden verabredet! Bis später.
FLITZ

Was? Moment... es ist bald Essens-zeit...
Ich bin sofort wieder da!
TAPP
TAPP
TAPP
Jetzt hängt es nur noch davon ab, ob Estira es recht-zeitig fertigstellen kann.
TAPP
TAPP
Aber das klappt schon!
WRUMMMMS
Estira!
Fräulein Firentia?
Was bringt Euch…?
GREIF

WHHA
AAAA

Damit schaffen wir es!
Davon bin ich felsenfest überzeugt!

Unsere Träume...
... werden auf jeden Fall in Erfüllung gehen!

Kapitel 15

KÖCHEL
KÖCHEL
KLACKER
KLACKER
TROPF
Puh.
KÖCHEL
ZIIISCH

Die Konsistenz sieht gut aus. Jetzt das Feuer runter-stellen und...
... dieses Mal als Lösungsmittel das getrocknete Bomnia-Pulver...
KLOPF KLOPF
Estira, bist du da?
Ich muss kurz rein.
KNAAARZ
Ah...

Herr Doktor.
Was führt Sie um diese Zeit hierher...?
BLICK
Ich bleibe nicht lange, mach gerne weiter.

Cineole, Het-Blätter, Canella und Mesor-Wurzeln...
Und dieser Geruch? Sind das Kaya-Früchte?

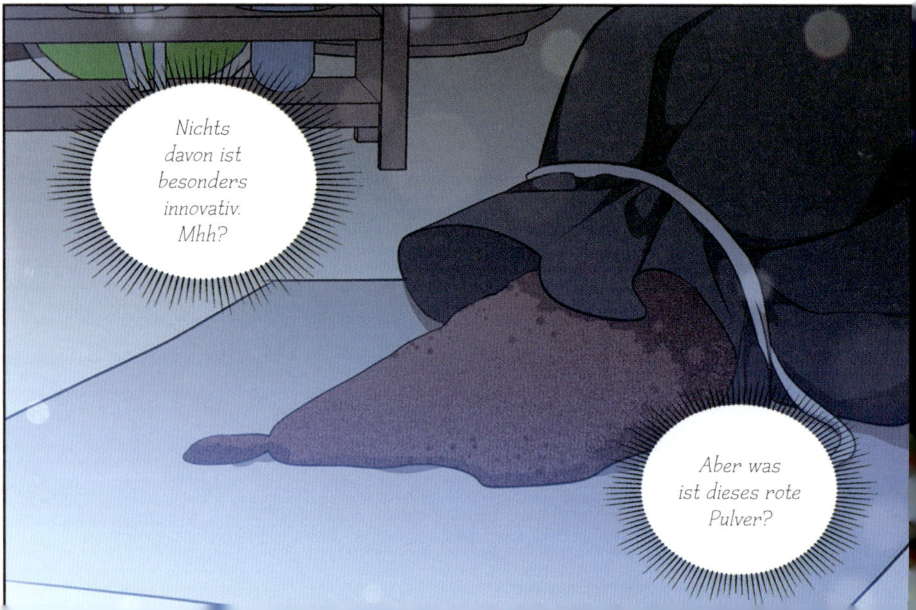
Nichts davon ist besonders innovativ. Mhh?
Aber was ist dieses rote Pulver?

Woran arbeitest du?
Ah...
SCHWITZ
Das... wird nichts Besonderes.
KLAMMER
SCHWITZ
Es soll nur ein kleiner Testversuch sein.
Mhh...
Gut, wenn es sowieso nicht so wichtig ist, dann...

... stört es dich sicher nicht, wenn ich dich bitte, damit aufzuhören.
ZUSAMMEN
ZUCK
Wie bitte?
Du hast mich gehört.
Es scheint, dass dir das junge Fräulein zu viele Flausen in den Kopf gesetzt hat.
Das... Das stimmt nicht, Herr Doktor!
Miss Firentia ist...!

Ich bin dein Lehrer.
NÄHERKOMM
TAPP
TAPP
Und welcher Lehrer...
... könnte dabei zusehen, wie die eigene Schülerin vom rechten Weg abkommt?
STRECK
Es tut mir leid, Estira.
PATT
Ich habe nie gewusst, wie sehr du auf die Akademie gehen wolltest.

Ich will nur das Beste für dich...
ZIE
EEH
... aber du bist noch nicht bereit, in der Forschung zu arbeiten.
Wie kannst du von mir verlangen, dass ich still dabei zusehe, wie sich meine Schülerin öffentlich blamiert?

TÄTSCHEL
Du hast zu hohe Ziele.
Dabei kannst du einfach unter mir weiterlernen, wie du es bisher auch getan hast.
Glaubst du nicht, dass ich dir im nächsten Jahr oder im Jahr danach...
... ein angemessenes Empfehlungsschreiben ausstellen würde?

Hoho!
Herr Doktor, dank Ihres Empfehlungs-schreibens...
... haben sich dieses Jahr die Tore der Akademie für meinen Sohn geöffnet.
Wie kann ich Ihnen nur meinen Dank ausdrücken?
HAHA
Ach, wie viele Jahre kennen wir uns nun schon, wertes Familien-oberhaupt?
Die finanzielle Förderung, die wir durch die Flan-Familie erfahren haben, ist für uns immer eine große Unterstüt-zung gewesen.
HAAH

Zurzeit kursieren viele komische Gerüchte.
HALT
Man erzählt sich, dass eure bürgerliche Schülerin...
... alles daran setzt, ein Empfehlungsschreiben der Lombardi zu bekommen.
Haha... nur ein flüchtiges Hirngespinst, da bin ich sicher.
NICK
Noch dazu reichen ihre Fähigkeiten bei weitem nicht aus.
Ich hoffe nur, dass sie sich vor dem Oberhaupt der Lombardi nicht blamiert.

Und das alles, obwohl sie bereits solch einen ruhmreichen Lehrer hat. Welch Schande.
Aber was will man vom Pöbel schon erwarten?
SCHIEL
FUNKEL
FUNKEL

Oooh!
Oberhaupt, ist das etwa...?
Hahaha!
Nur ein bescheidenes Zeichen meiner Dankbarkeit.
Ich bitte Euch, es anzunehmen.

Aber zurück zu Ihrer Schülerin...
Wenn Ihr nichts gegen die Situation unternehmt, wird nicht nur Euer Ruf...
... sondern auch der Name der Akademie in den Dreck gezogen.
Mhh
HA HA
Werden nicht alle Menschen in ihren sozialen Status hineingeboren?
HA
Ich denke, es ist Zeit, dass Sie sie an ihren Platz erinnern.

Du bist doch nicht dumm, Estira. Hör auf das, was ich sage, und vertrau mir.
Sie ist ein gehorsames Kind. Das sollte ausreichen, um sie zu Verstand zu bringen.
Und nächstes Jahr lasse ich mir einfach einen neuen Grund einfallen, ihr das Empfehlungsschreiben nicht auszuhändigen...
Ich verstehe, Herr Doktor.

Oh, gut. Dann...

Aber ich möchte so lange wie möglich weitermachen und gucken, wie weit ich es schaffen kann.
ER STARRT

KNIR
SCH
Estira!
Obwohl ich dir das alles gesagt habe, willst du...?!
ZUCK
Ich bitte Sie, Doktor.
Ich möchte die Erwartungen von Miss Firentia nicht enttäuschen.
KLAMMER

Was deinen Traum angeht...
... könnte ich dir unter die Arme greifen.
Du hast hervorragende Kenntnisse und sogar deine eigene Medizin entwickelt.
Wieso sprichst du darüber, als wäre das nichts wert?
Ich werde meinen Großvater dazu bringen, dir ein Empfehlungsschreiben auszustellen!
Es ist nur dieses eine Mal, Estira.

Möchtest du nicht an dich glauben und austesten, wie weit du es schaffen kannst?

Selbst ich habe meinen eigenen Traum für absurd gehalten.
Aber die einzige Person, die nie über mich gelacht und mir stattdessen Unterstützung zugesprochen hat, war...
... Miss Firentia.
Ich versichere Euch, dass meine Arbeit dadurch nicht beeinträchtigt wird.
KLAMMER
Und falls ich scheitern sollte...
... werde ich mir meinen kindlichen Übermut eingestehen und...
... blind Euren Anweisungen Folge leisten.

Nur dieses Mal...
Nur dieses einzige Mal möchte ich an mich glauben und auf die Worte von Miss Firentia hören.

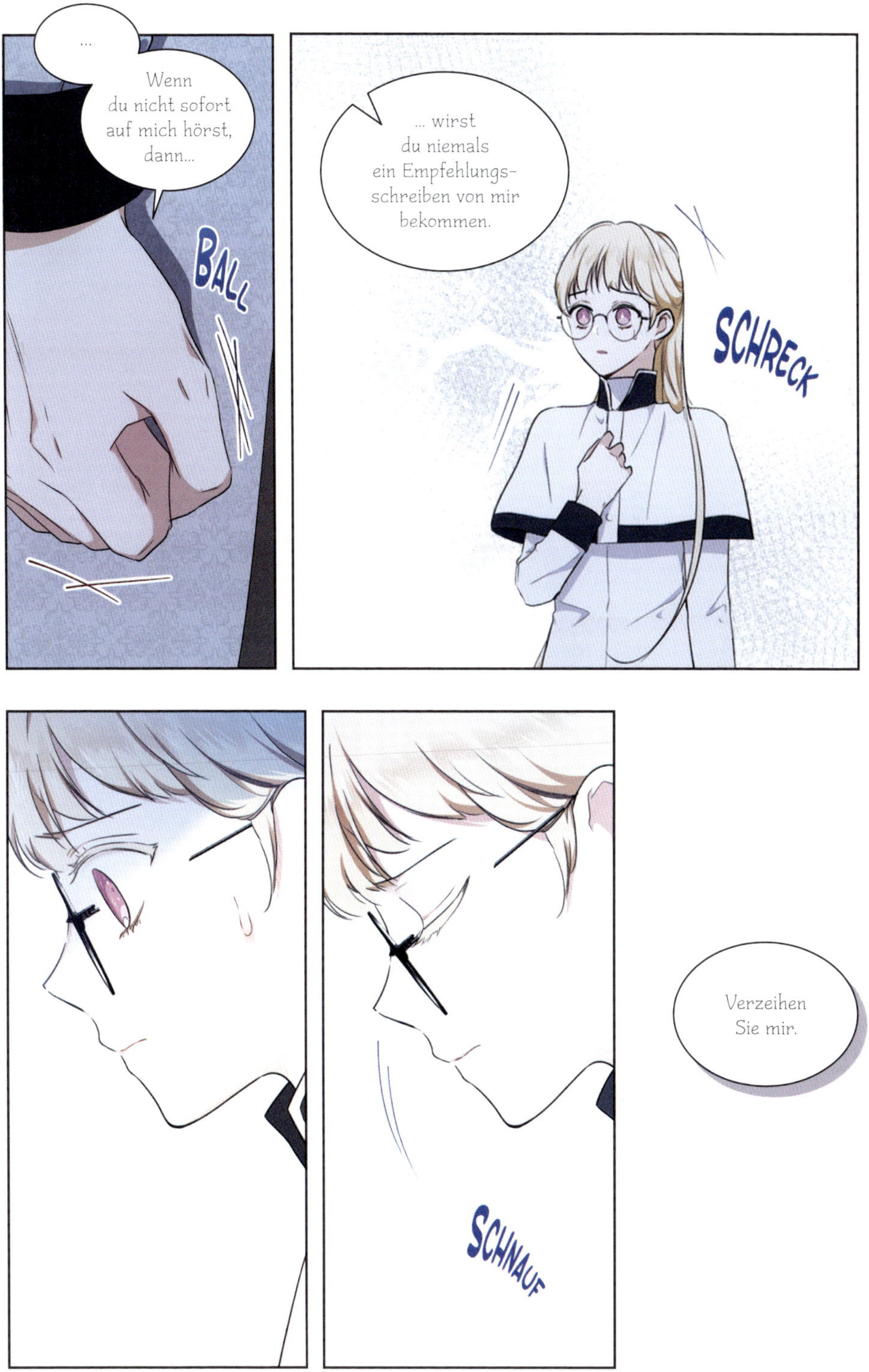
...
Wenn du nicht sofort auf mich hörst, dann...
BALL
... wirst du niemals ein Empfehlungs-schreiben von mir bekommen.
SCHRECK
SCHNAUF
Verzeihen Sie mir.

Du...
Du...!
Du willst wirklich bis zum bitteren Ende daran festhalten?
BEISS
Du hast es so gewollt. So eine undankbare Schülerin kann ich nicht gebrauchen!
SCHREI
Mach, was du willst!
WRUMMS

ZITTER
Habe ich eben einen unwiderruflichen Fehler begangen?
Nein...
KLACK
Soll er mich ruhig für dumm halten.

Ich möchte dieses eine Mal an mich selbst glauben.

I Shall Master This Family

STARR
Ich mach es auf, ja?
NICK

KLACK
VORSICHTIG
SWUSCHH

Wooow!
Der Geruch ist super!
Auf diesen Aspekt habe ich mich ganz besonders konzentriert.
Genau das ist es, dieses minzige Gefühl!
WHUAAAA
Ich hatte zwei Anforderungen.
Zum einen sollte das Medikament Schwellungen und Entzündungen lindern.
Und zum anderen sollten Kräuter verwendet werden, die auf der Haut ein frisches Gefühl hinterlassen.
Die Inhaltsstoffe sind…
Woow!
Natürlich sollte die Konzentration der Medizin auch so stark sein…
… dass der Effekt schnell und spürbar einsetzt.
Die wichtigste Rolle übernimmt eine Heilpflanze namens »Hipsy«, welche in der modernen Welt als Pfefferminze bezeichnet wird.

Mischt man alle Bestandteile...
... erhält man eine in Südkorea weitverbreitete Medizin.
GRRR
RAOOO
Die »Tiger-Salbe«!

Alles, was ich jetzt noch tun muss, ist...
... herauszufinden, welches von beiden das schlimme Knie von Großvater ist.
Miss Firentia...?
SCHWUPP
HEHE
Estira hatte es diesmal wirklich nicht leicht.

?
Alles okay bei Ihnen…?
Aber sie hat es ganz allein geschafft.
Niemand anders, nur Estira selbst!
ZIEH
Ich habe die Salbe mehrere Tage lang an der gleichen Stelle getestet.
BUTTERWEICH

Kein Ausschlag oder andere Nebenwirkungen.
Und die Schmerzen in meinem Handgelenk sind auch merklich zurückgegangen.
Nebenbei scheint es meiner Haut auch gutgetan zu haben.
Oho ...
Das bedeutet, wir könnten den Hipsy-Anteil extrahieren und auch für andere Zwecke nutzen?!
Geschäftssinn aktiviert

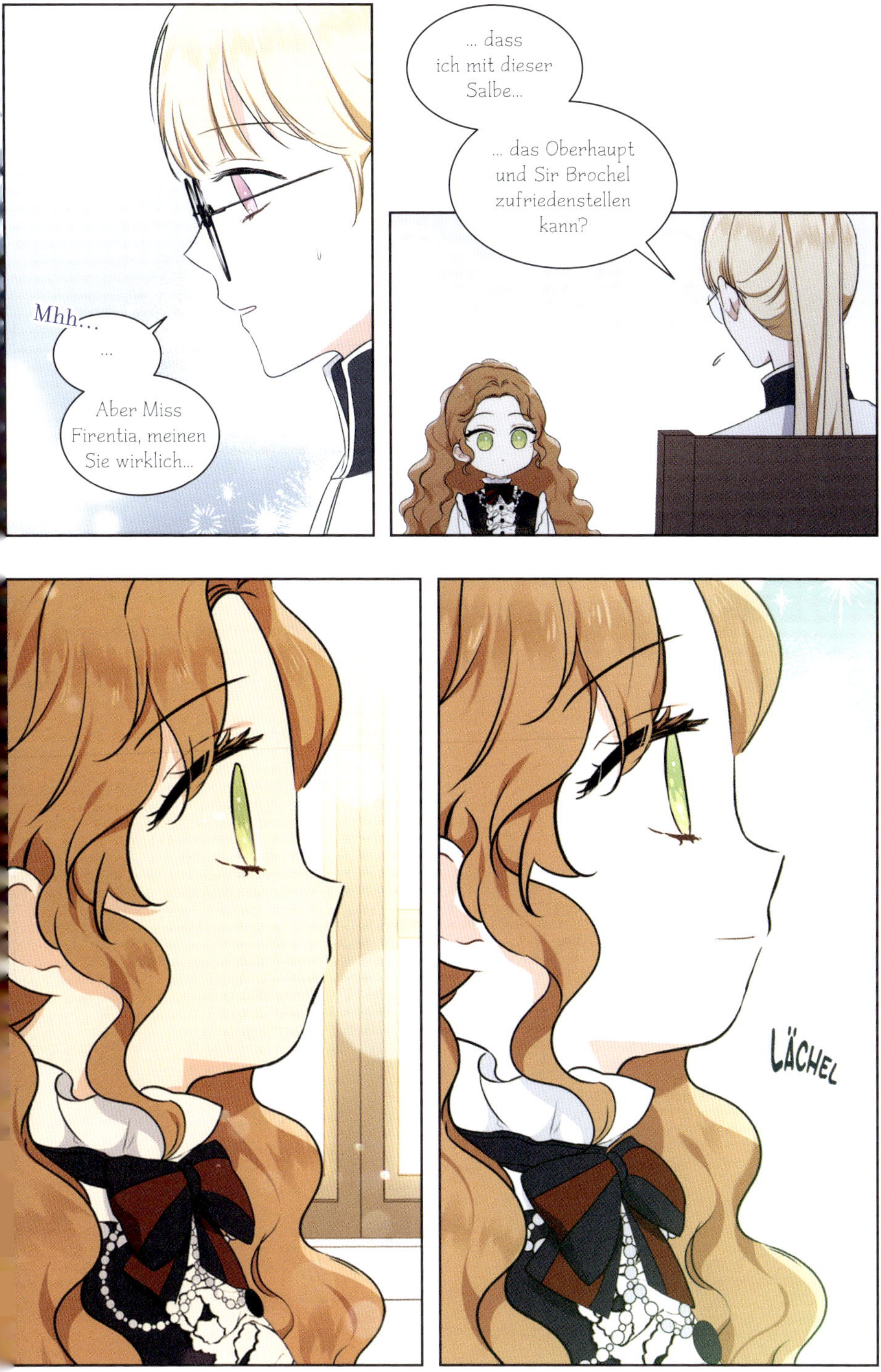
Mhh...
...
Aber Miss Firentia, meinen Sie wirklich...
... dass ich mit dieser Salbe...
... das Oberhaupt und Sir Brochel zufriedenstellen kann?
LÄCHEL

Gibt es außer dem Empfehlungsschreiben noch etwas, das du gerne haben möchtest?
Bitte?
Mhhh...
Weißt du, diese neue Medizin ist viel mehr wert als bloß zwei lausige Empfehlungs-schreiben.
Z...zwei lausige...?

SWUSSCH
Lass dir ruhig Zeit beim Nachdenken.
Irgendetwas, das du haben oder machen möchtest?
Alles, was du dir jemals gewünscht hast. Und ich meine wirklich alles.

Freu dich auf deine Zukunft, Estira.
Ab dem heutigen Tag wird dein Leben...

BA
... sich
komplett
verändern.
BAMM

Um das Ergebnis vorwegzunehmen ...
... Estiras Salbe war ein voller Erfolg.

SCHLUCHZ
Miss Firentia...
... wie kann ich Ihnen jemals zurückzahlen, was Sie für mich getan haben...?
SCHLUCHZ
Ach was!
Das hast du alles deinen eigenen Fähigkeiten zu verdanken.
Einige Tage zuvor
DADA
WUUUAH
Die Schmerzen in meinem Finger, die mich selbst nachts aus dem Schlaf gerissen haben, sind...!
DAMMM
Oho!
Mein Tag und Nacht schmerzendes Knie, es...!
WUUUAH

Was für eine Medizin...
... ist das?!
... kann das nur sein?!

Kyaaa!
Es freut mich zu sehen, dass sie euch beiden so gefällt.
Und...
GRINS
... wenn sie euch schon so überzeugt, was werden dann erst die anderen dazu sagen?
Der Verkauf der Tiger-Salbe... nein, der Estira-Salbe...
... wird nun vom Oberhaupt höchstpersönlich betreut.
Großvater erkennt einen Kassenschlager, wenn er ihn sieht.
Jap, jap.

Allerdings enthält der Prototyp Inhaltsstoffe, die in der Herstellung äußerst aufwändig sind.
Deswegen wird zunächst nur eine kleine Menge produziert und als Geschenk unter den Adelsfamilien verteilt.
Eine weniger potente Version der Salbe wird dann in den normalen Verkauf gehen.
Und Estira wird als Urheberin der Zusammensetzung...
... einen fairen Anteil der Verkaufssumme erhalten.
SCHLUCHZ
Das sagen Sie zwar so ein-fach, aber...
... hätten Sie nicht an mich geglaubt...
KLAMMER
... hätte ich niemals diese Chance erhalten.

Ich werde an der Akademie mein absolut Bestes geben...
... und alles daran setzen, das Vertrauen, welches Ihr mir entgegengebracht habt, nicht zu enttäuschen.
Gut.
Ich weiß, dass du es schaffen kannst.
Aber Estira...
... dürfte ich dich um einen Gefallen bitten?

Alles, was Sie wünschen.
Es gibt eine Krankheit namens *Tellenbreux*.
Du hast von ihr gehört, oder?

Es beginnt mit der Taubheit in Händen und Beinen.
Dann versteifen nach und nach alle Muskeln im gesamten Körper.
Schließlich wird die Atmung unmöglich und man verstirbt.
Das ist sie.
Die Krankheit, die meinem Vater das Leben gekostet hat.

Es gibt eine Heilpflanze mit dem Namen »Roseng«, die nur in der Region um die Akademie wächst.
Ich bitte dich, mit dieser Pflanze ein Heilmittel gegen Tellenbreux zu entwickeln.
Wie bitte?
Aber woher wissen Sie, dass diese Pflanze Bestandteil des…

...
Ich werde es versuchen.
NICK
Aber ich weiß nicht, ob ich es schaffen werde...
KLAMMER
Du wirst es schaffen.
Niemand außer dir ist dazu in der Lage...

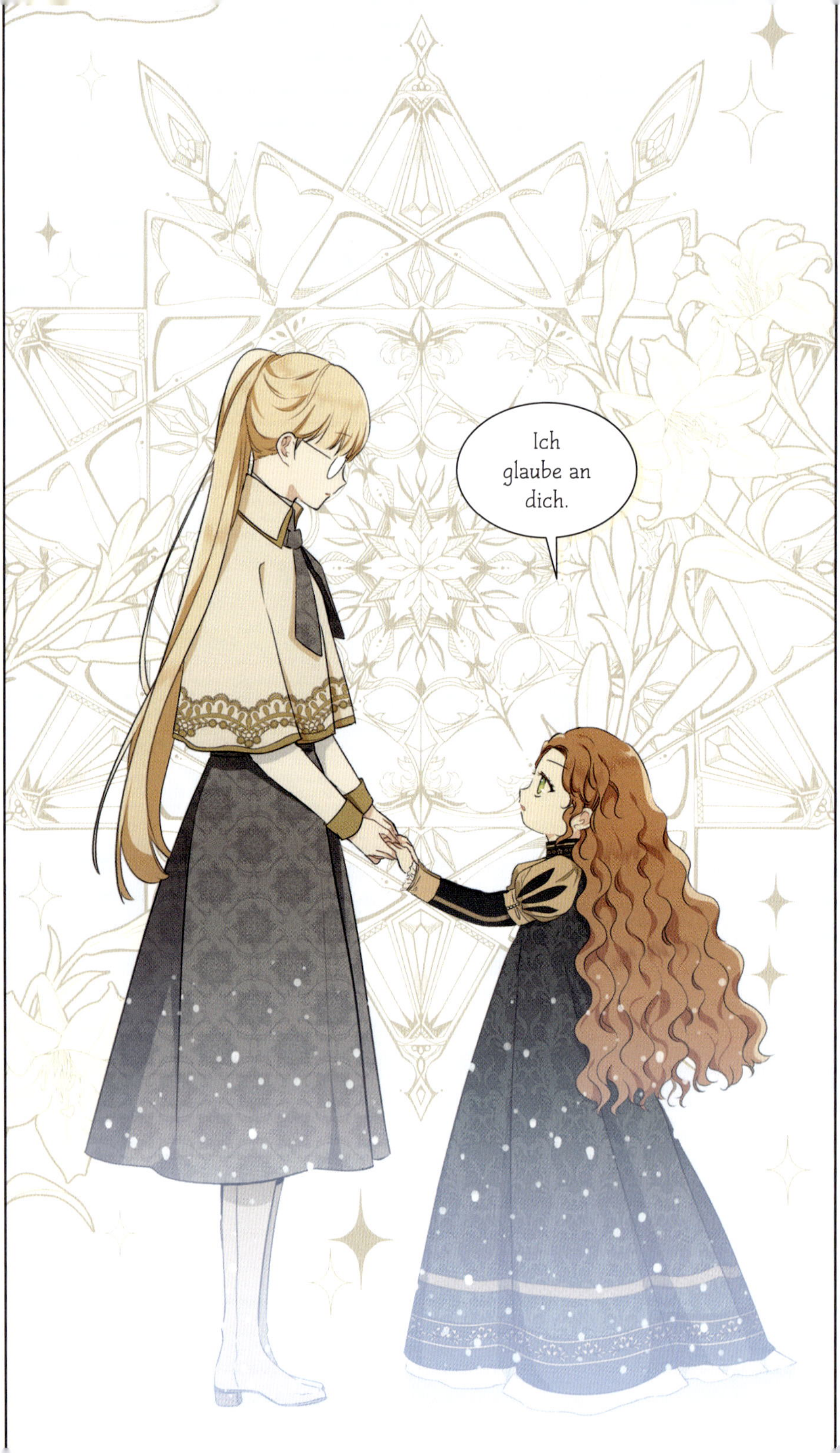
Ich glaube an dich.

Exakt drei Jahre nach Vaters Tod...
... bekamen wir die Nachricht, dass es der amaligen Schülerin des Leibarztes gelungen ist...
... Roseng zu nutzen, um ein Heilmittel gegen Tellenbreux herzustellen.
SCHWUU
UUSCH
Und der Name dieser Schülerin war Estira.

Deswegen...
... habe ich alles in meiner Macht Stehende getan, um sie auf die Königliche Akademie zu schicken.

I Shall Master This Family

Kapitel 16

Sie scheinen sehr gut gelaunt, Oberhaupt.

Sieht man mir das derart an?
HOHO
PLATZIER
Brochel, dieses Kind...
Was haltet ihr von Firentia?
Miss Firentia?
Ich bin überzeugt, dass sie ein intelligentes und besonderes Mädchen ist.
MHHH

Das allein hebt sie von den anderen ab.
Ich sehe das ähnlich.
Und dabei dachte ich, dass mich im hohen Alter nichts mehr überraschen kann...
...
... wenn sie Euch schon so überzeugt, was werden dann erst die anderen dazu sagen?
Als sie zu mir gesagt hat: »Zusätzlich zu den zwei Empfehlungs-schreiben und dem Stipendium...
... bitte ich dich um einen Anteil der Verkaufsprofite.«...

... hat sie wissentlich versucht, mit diesem alten Lulac ein Geschäft einzugehen.

Noch dazu hatte ich an der verlangten Rate nichts auszusetzen.
Dass ich erst so alt werden musste, um so was zu erleben, hoho!
HOHOHO
Dank ihr sieht die Zukunft der Lombardi vielversprechend aus.

Ganz recht.
Die Zukunft der Lombardi...

Das ist...

NERVÖS
NERVÖS
Was soll diese Reaktion?
Ist meine Geschäftsidee so furchtbar...?
Ich...
TSCHUAK

Unfassbar.
Ah, ich hab es geahnt...
SCHRECK
Bitte?!
Es ist mir zu Ohren gekommen, dass Euch oft Vertreter der Dyurak-Gilde aufsuchen.
Habt Ihr vor, bei diesem Geschäft wieder mit ihnen zusammenzuarbeiten?

K...Keines-wegs!
Ich habe vor, dieses Geschäft ganz allein zu leiten.
Mhhh...
Das heißt, Ihr habt Euch von keinen anderen Gilden oder Personen innerhalb des Anwesens...
... bezüglich dieses Geschäftes beraten lassen oder Informationen geteilt?
Eeeh?
Ich habe zwar Tia davon erzählt...
... aber da sie noch so jung ist...
Nein, Ihr seid der Erste.
Was Croyton angeht...

SCHIEL

Es stimmt, dass er sehr neugierig auf meine Geschäftsidee ist.
Seit unserem Besuch im Königs-palast, lässt er es sich mehr und mehr anmerken.
Ist denn etwas im Palast vorgefallen?
Ah…
Nichts Nennenswertes. Allerdings…

...
... scheint uns die Königin nicht sonderlich wohlgesinnt zu sein.
Hinter der Dyurak-Gilde stehen die Angenas...
... und hinter den Angenas steht die Königin selbst.
Also ist sie es, die in Wirklichkeit mehr über mein Geschäft wissen möchte.

Auch wenn Sie mich nicht als besonders vertrauenswürdigen Menschen ansehen mögen...
Ich schwöre...
Ich bin Mitglied der Lombardi-Familie...
... und der Sohn meines Vaters.
... dass das Coroy-Geschäft die letzte gemeinsame Unternehmung sein wird...
... von der die Angenas profitieren.

Gallahan Lombardi.
Der dritte Sohn des Lombardi-Oberhauptes, der seither alle Konflikte vermieden und sich in Büchern vergraben hat.
Viele glauben, dass er außerhalb seiner Bücher keine Ahnung von der Welt habe.
Und ebendieser Mann soll ganz allein diese fortschrittliche Geschäftsidee zusammengestellt haben?

Ist das wirklich derselbe Gallahan, der sich jahrzehntelang versteckt und ruhig vor sich hingelebt hat?

Verstehe. Ich helfe Ihnen...
Dann...!
... unter einer Bedingung.
Bingo!

Lassen Sie mich Ihr Geschäftspartner werden.
...
Bitte...?
KNARRRKS
EISBLOCK
Die Wahrheit ist...
... Ihr Geschäftsplan ist unglaublich herausragend.
Er lobt mich?!
SPRACHLOS
Mir dreht sich der Magen um, bei dem Gedanken, dieses erfolgreiche Geschäftsmodell ohne mein Zutun...
... an meinen Augen vorbeiziehen zu sehen.

Wenn Sie meine Bedingung akzeptieren...
... bin ich mehr als glücklich, Ihnen als Partner mit Rat und Tat zur Seite zu stehen.
W... wollen Sie so unbedingt...?

Sir Clerivan als mein Partner?
Haha!
Ich sollte eher derjenige sein, der darum bittet.
Allerdings müssen Sie wissen, dass dies kein Geschäft der Lombardi-Familie sein wird.
Ich werde das Vorhaben mittels meiner persönlichen Finanzen und unter meinem eigenen Namen leiten. Wenn Sie damit einverstanden sind...
Habe ich es Ihnen nicht gesagt?
Ich sehe enormes Potenzial in dieser Idee.

Ah, mangelt es Ihnen vielleicht an den nötigen finanziellen Mitteln?
Wenn ich Sie mit meinen privaten Rücklagen unterstützen soll, nennen Sie mir einfach einen Preis…
PANIK
Wuaaaah!
N…Nein! Auf keinen Fall! Ich bin gut aufgestellt.
… hoffentlich jedenfalls!
In dem Fall wäre die Aufteilung der Dividenden…
PANIK

Den Vertrag erhalten Sie schnellstmöglich in den nächsten Tagen.
Vielen Dank.
SCHÜTTEL
War es das Oberhaupt?
KNARRRRZ
Bitte?

Wissender Blick
PIKS
PIKS
Wer hat Ihnen geraten, mit mir zu sprechen?
Ich bezweifle, dass Sie aus freien Stücken zu mir gekommen sind...
Sieht das Oberhaupt Potenzial in ihm und versucht, ihn zu leiten?
So wie sich Gallahan jetzt verhält, gibt es keinen Grund, dies nicht zu tun.
In Wahrheit...
... habe ich das meiner Tochter zu verdanken.
Was?

Nachdem sie sich meine Sorgen angehört hat, hat sie mich sofort zu Ihnen geschickt.
Sie meint, Sie würden eine Antwort auf alles wissen.
Ein Kind in diesem Alter könnte das durchaus ohne tieferen Hintergedanken gesagt haben.
Allerdings...
Lofille ist kein »er«, sondern eine »sie«.
Ich habe aus dem Stamm eine Skulptur fertigen lassen und sie verschenkt.
Der Empfänger war so glücklich, dass er mir zum Dank diese Smaragd-Brosche geschenkt hat.

Das Coroy-Geschäft wurde auch erst erfolgreich, nachdem sich Miss Firentia damit beschäftigt hat.
Und…
Ich denke, dass der wertvollste Besitz eines Händlers Menschen allgemein sind.

Egal wie kompetent eine Person auch sein mag...
... niemand schafft es, alles alleine zu bewerk-stelligen.

Ich mach mich auf den Weg, auf Wiedersehen.

RUMMS

MURMEL
Das...
... muss ich mir genauer ansehen.

KLIPPS
Wuaah!
Wie ich es mir gedacht habe!
Es steht dir viel besser als mir.
Rot passt gut zu dir!

Danke dir,
Lorraine.
STREICH

Aber dafür steht dir Weiß umso besser!
KICHER
KICHER
Das sage ich nicht nur so.
Gestern sahst du aus wie eine Lilien-Prinzessin...
... und heute bist du eine Maiglöckchen-Fee.

Ich meine es wirklich.
GLÜCKSELIG
Allein vom Hingucken wird meine Seele gereinigt.
...
Aber irgendwie...
STARR STARR
RUMMS
RUMMS
RUMMS
DURCHBOHR
... fühle ich mich beobachtet.
Er guckt mich an, als ob er in mir mehr als ein liebes und niedliches Kind sieht.
KIIIIEEEEEEEEEK
Seit einigen... nein, seit fast zehn Tagen schon...
... ist Clerivans Blick anders.
AHHHH
HHHH
Ich fühle mich wie ein Stück Fleisch, das vor einem Raubvogel baumelt.

Ah...haha.
Wollen wir langsam gehen, Lorraine?
Huh? Ah, ja.
Gehen Sie zurück auf Ihre Zimmer?
SCHNIEF
SCHNIEF
Lächeln nicht vergessen.
J...Ja.
Der Unterricht ist vorbei und...
SCHNIEF
Dann kommen Sie mit mir.
Was?! Wieso?!

Upsss…
War meine Reaktion etwas zu übertrieben?
Ah, es ist nicht so, als ob ich keine Lust hätte, aber…
Es ist nur…
…
Ich habe später eine Besprechung mit Sir Gallahan.
Ich wollte nur fragen, ob wir uns nicht gemeinsam treffen sollen.
Ah… ahhhh.
Was denke ich mir eigentlich? Er wollte mich nur mit zu Vater nehmen.
PUUHH

Das hat sicherlich mit dem neuen Geschäft zu tun.
Ich war schon ganz neugierig. Soll ich einfach mal mitgehen?
LÄCHEL
Gern!
...

Und so bin ich in diese Situation gekommen.
Habe ich es Ihnen nicht gesagt?
Die Kernessenz dieser Geschäftsidee ist »Erschwinglichkeit«, die auch den Bürgerlichen einen einfachen Zugang zum Produkt ermöglicht.
...
Aus welchem Grund haben Sie sich für den Heslot-Markt als Standpunkt für den Laden entschieden?
KLACK

Der Grund, weswegen ich dem Markteintritt in der Region der bürgerlichen Siedlungen zugestimmt habe...
SCHLÜRF
KLANK
... war, dass Bürgerliche häufig offener...
... gegenüber neuen Verkaufsmethoden sind als Adelige.
Aber genau deswegen und in Anbetracht ihres verfügbaren Einkommens...
... darf der Fokus dieses Geschäfts doch nicht auf luxuriöser Qualität liegen...
Was passiert hier...?
Das Gespräch nimmt einen seltsamen Verlauf.
ZUCK
HAAH

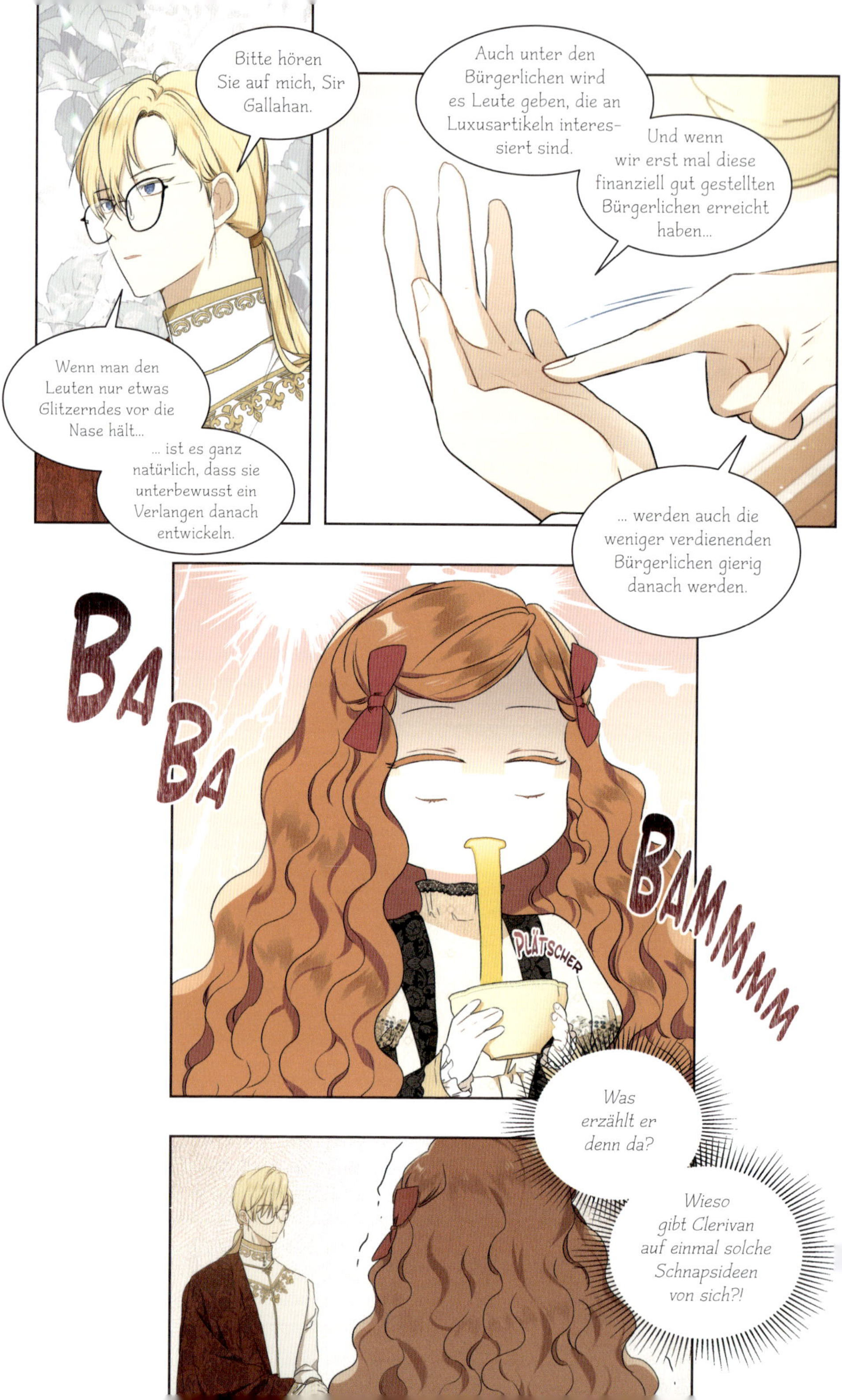
Bitte hören Sie auf mich, Sir Gallahan.
Wenn man den Leuten nur etwas Glitzerndes vor die Nase hält...
... ist es ganz natürlich, dass sie unterbewusst ein Verlangen danach entwickeln.
Auch unter den Bürgerlichen wird es Leute geben, die an Luxusartikeln interessiert sind.
Und wenn wir erst mal diese finanziell gut gestellten Bürgerlichen erreicht haben...
... werden auch die weniger verdienenden Bürgerlichen gierig danach werden.
BABA
BAMMMM
PLÄTSCHER
Was erzählt er denn da?
Wieso gibt Clerivan auf einmal solche Schnapsideen von sich?!

In dieser Welt, in der alles in Handarbeit gefertigt wird, bedeutet selbst so etwas wie »Kleidung kaufen«...
... dass man maßgeschneiderte Kleidung bei einem professionellen Schneider bestellt.
Demnach zielt das Bekleidungsgeschäft ausschließlich auf reiche Adelige und finanziell gut gestellte Bürgerliche ab.
Für die meisten Bürgerlichen und den verarmten Adel bedeutet Kleidung allerdings...
... tagelange, nervenzehrende Näharbeit.
Sie trauen sich nicht einmal, ihre Kleidung zu waschen aus Angst, dass der Stoff verschleißen könnte.
Aber was wäre, wenn »jedermann« im Handumdrehen saubere »neue Kleidung«...
... gegen einen minimalen Aufpreis zu den Rohmaterialien bekommen könnte?

»Tragfertige«-Gewänder (Massenfertigung von Kleidung)
Das ist der Grund, weswegen Vaters Geschäftsidee so überragend ist.
Wenn dieses Geschäft Erfolg hat, erschließen sich...
... nicht die Adeligen, sondern die Bürgerlichen als ganz neue, aber zugleich riesengroße Gruppe an Konsumenten.
So hätte es jedenfalls sein sollen...

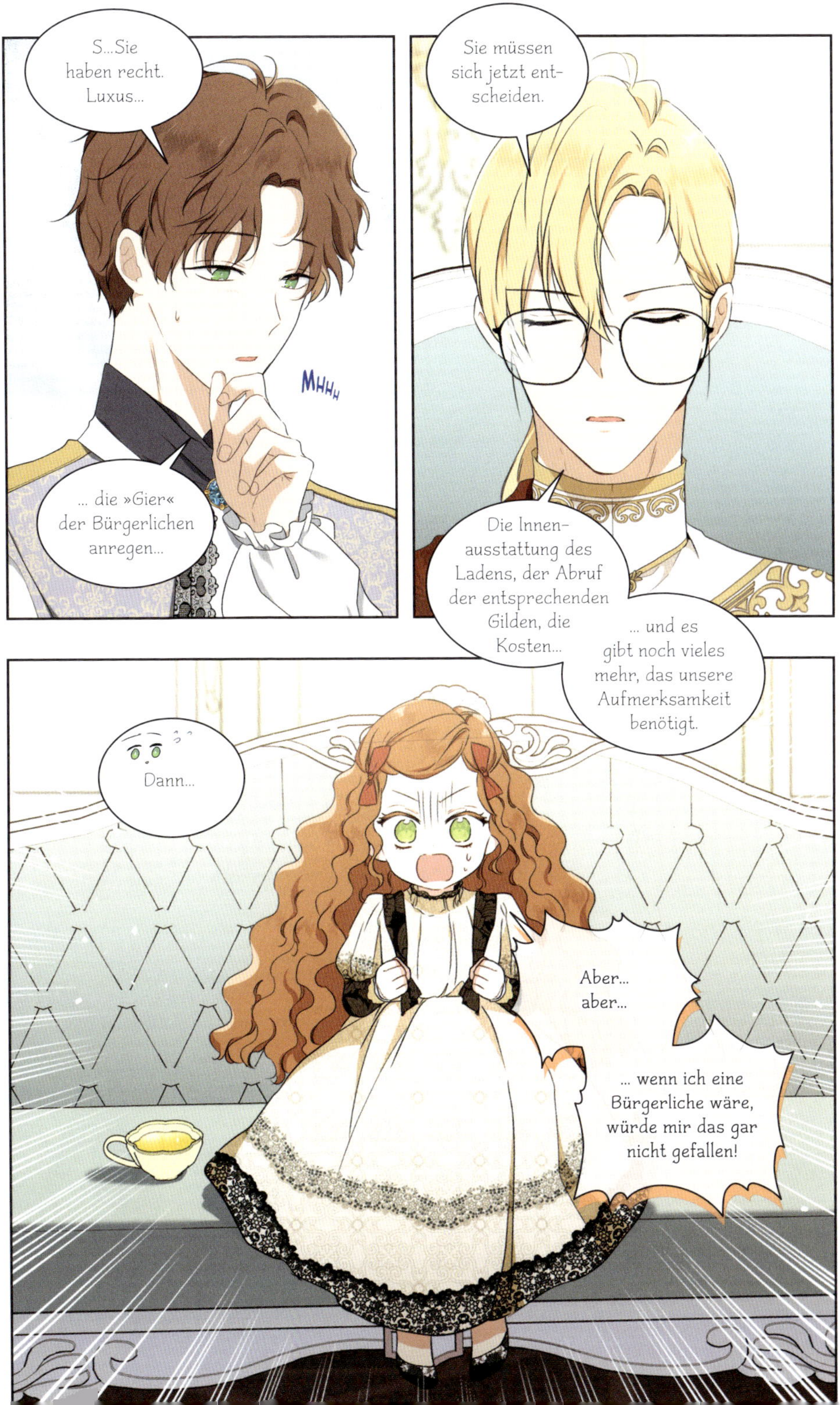
S...Sie haben recht. Luxus...
MHHH
... die »Gier« der Bürgerlichen anregen...
Sie müssen sich jetzt entscheiden.
Die Innenausstattung des Ladens, der Abruf der entsprechenden Gilden, die Kosten...
... und es gibt noch vieles mehr, das unsere Aufmerksamkeit benötigt.
Dann...
Aber... aber...
... wenn ich eine Bürgerliche wäre, würde mir das gar nicht gefallen!

Tia?
SCHRECK
So, wie es Sir Clerivan beschreibt, wird die Kleidung ein Luxusartikel...
... den sich die Leute einmal pro Jahr... oder vielleicht au
nur einmal im ganzen Leben leisten können.
Und wenn die Kleidung so etwas Besonderes ist, würde es dann den Kunden nicht missfallen, wenn jemand anderes exakt das gleiche Stück tragen würde?

Papa, du wolltest doch Kleidung machen...
... die *jeder* problemlos kaufen und anziehen kann.
Wenn du den Plan jetzt änderst...
... hat das gar nichts mehr mit deiner ursprünglichen Idee zu tun!
Soll ich noch direkter werden oder lieber nicht?
Wenn ich jetzt nicht eingreife, haben wir ein großes Problem!
Ich hatte dir vertraut, Clerivan!!
Und über eine schönere, teurere Version...
... kannst du doch später immer noch mal nachdenken, wenn sich die Menschen an diese neue Art, Kleidung zu kaufen, gewöhnt haben.

GRINS
SCHRECK
?!
An Firentias Worten ist etwas Wahres dran.
MHH
Was denken Sie darüber?
STILLE
Sir Clerivan?

FUNKEL
ER
TAPPT
FUNKEL

Was?
Was soll
das?
Wieso grinst
er so?
Was
hat er
vor?!

Guten Tag, junges Fräulein.
H…Hi.
Irgend-was kommt mir verdäch-tig vor.
Es beunruhigt mich noch mehr…
… dass er sich nach der Sache von vor ein paar Tagen wieder ganz normal verhält.
Was geht nur in seinem Kopf vor?

RUMMS
...
Oh...?
LEERE
Wieso ist niemand hier...?

Niemand wird kommen.

Sir Clerivan...?

I Shall Master This Family

Kapitel 17

Ich habe allen eine Nachricht zukommen lassen, dass der heutige Unterricht ausfällt.
Ich brauche eine Gelegenheit, um mit Euch allein zu sprechen.
Ich bitte Sie, diese Respektlosigkeit zu entschuldigen.
Ah... haha.
Was wollen Sie denn... mit mir besprechen...?
STOTTER

SWUSCH
Wissen Sie, was das ist?
Oh?
Die Salbe, die Estira hergestellt hat?
Wie könnte ich die nicht kennen!
Richtig. Die Salbe, die erfunden wurde, um das Empfehlungsschreiben des Oberhauptes zu bekommen.
Und die Person, die Estiras Talent zuerst bemerkt und sie mit Nachdruck weiterempfohlen hat…
… wart doch Ihr, Miss Firentia?
Ach!
Ehh das… Estiras Talent war einfach zu schade, um… nein, es kam mir schlicht überragend vor…
UNDER COVER
Ich habe doch mit Großvater kaum zwei Wörter gewechselt…
Dann wissen Sie vielleicht auch davon?

Ein paar Tage vor Fertigstellung dieser Medizin...
... sah Doktor O'Malley merklich aufgebracht aus.
Er redete in der Öffentlichkeit schlecht über seine ehemals so geschätzte Lieblingsschülerin...
—...
—...!
... und beschwerte sich, dass »Miss Firentia sie schlicht um den Finger gewickelt« hätte.
Nun ja, seine Hetzreden nahmen ein schnelles Ende, als das Oberhaupt den Verkaufsstart der Salbe ankündigte.
Finden Sie das nicht komisch?
Wie man es auch dreht und wendet, Sie sind gerade einmal acht Jahre alt.
Wenn es stimmt, dass Sie nur wenige Worte vor dem Oberhaupt darüber verloren haben...
... stelle ich mir einen, für die Kinder in Ihrem Alter angemessenen, Schreikrampf vor.
SCHWITZ
Ah, das...
O'Malley!

Ebenso bei dem zurückliegenden Coroy-Geschäft.
Die Geschäftsidee war nicht wirklich vielverspre-chend.
Aber Sie haben es geschafft, ihren im Bereich der Stoffe gut ausgebildeten Vater...
... rein »zufällig« dazuzuholen und den Lauf der Dinge von Grund auf zu verändern.
Wie hätte ich wissen sollen, dass ihr alle dort wart?
Ich weiß wirklich nichts üb...
MHH
KNIE
ZUCK
Wenn das die Wahrheit ist...
... dann war Ihr Einspruch gegen meinen Vorschlag während der Besprechung mit Sir Gallahan letzte Woche...
... auch reiner Zufall?

Ah…
Er hat damals schon etwas geahnt.

Dieser schlechte Vorschlag, der weit hinter seinem sonstigen Intellekt zurückblieb...
... war nur ein Trick, um in mir eine Reaktion hervorzurufen und mich zu beobachten.

Es hat keinen Zweck, mich unwissend zu stellen.
PUHH
Richtig.
Es ist so, wie Sie vermuten.
SCHUAAA

!
Unfassbar...!
HEB
Aber dennoch ist der Plan für das Bekleidungsgeschäft...
... allein Vaters Idee gewesen.
Ich habe ihm lediglich empfohlen, sich einfach bei Ihnen Rat zu holen.
Tatsächlich? Dann ist Sir Gallahan...
...

Wieso haben Sie mich ausgewählt?
Ich habe mir schon gedacht, dass sich mein Lehrer dieses Geschäft nicht entgehen lassen würde.
Ich war mir sicher, dass Sie ein guter Ratgeber sind und wenn Sie es wollen...
... ein guter Geschäftspartner werden würden.
Und siehe da, genau so kam es.
GRINS
In der Tat.

Eins noch.
Wenn es stimmt, was Sie sagen…
… wieso verstecken Sie dann Ihre Talente und stellen sie nicht zur Schau?

Ich habe gehört, dass einige Kinder der Familie Sie respektlos behandeln würden.
Wenn das Oberhaupt auf Sie aufmerksam wird, würde so etwas nicht mehr vorkommen.
Die Zeit ist noch nicht reif.
Nicht reif...?
Diesmal werde ich eine Frage stellen.
Glauben Sie, dass es ein Leichtes ist, in die Position des Familienoberhauptes aufzusteigen, solange man die nötigen Fähigkeiten dazu hat?

Natürlich nicht.
Aber es würde um einiges leichter werden, wenn man öffentliche Unterstützung...
... vom Oberhaupt erfährt, während er noch bei voller Macht ist.
An Ihren Worten ist etwas Wahres dran.
Hmm...
Im Moment bin ich noch viel zu jung und mein Vater hat sich noch keinen Namen gemacht.
KLOPF KLOPF
Selbst wenn ich in dieser Situation Großvaters Unterstützung erhalte...
... würden sich nur mehr Menschen zusammenfinden, die einem vielversprechenden Kind schaden wollen.
Miss Firentia...
Hat sie bereits so weit gedacht?

GRINS
Erinnern Sie sich an meine Antwort auf Ihre zweite Hausaufgabe?
Dass das Wichtigste für einen Händler die »Menschen« sind?
Bevor ich die Macht ergreife…
… möchte ich mich mit Menschen umgeben, denen ich vertrauen kann.
DEUT
Ich kann mich jederzeit unter Beweis stellen.
Aber ich weigere mich zu hören, dass ich schlicht »habe, was es braucht«.

Niemand soll meine Position infrage stellen können.
BALL
Ich will mich derart als würdig erweisen...
... dass niemand auch nur auf die Idee kommt, von sich selbst als nächstes Oberhaupt zu denken.
...

Was wäre, wenn...
... ich mich auf die Seite von Viese stelle und Ihre Pläne zerschlage?
Ach was! So etwas wird nicht passieren.
HEHE
Sir Clerivan...
... ich weiß, wie sehr Sie die Lombardi lieben!

Nach Großvaters Tod...
... gab es viele Spekulationen über das rasante Wachstum der Pellet Corporation, nachdem diese ihre Unabhängigkeit erreicht hatte.
TSCHUAK
MURMEL
Die Hauptgilde der Lombardi klagte über eine untypische Verzögerung im Produktionsprozess. Und diese Krise konnte nur dank des Abkommens mit der Pellet Corporation überwunden werden.
Und die Region, die vom Königlichen Kammergericht als Pfand beschlagnahmt worden war, soll diesen Nachmittag wieder freigegeben werden.
Die Leute erzählten sich, dass Clerivan bereits unter Lulac seine Krallen gewetzt und auf eine Chance gewartet haben muss.
Aber die Pellet Corporation hat sich nie in die Hauptbranchen der Lombardi-Gilde vorgewagt.
Mich hatten sie damals bereits des Anwesens verwiesen, deshalb kann ich nicht mit Sicherheit sagen, was passiert ist.
Aber vermutlich hat Clerivan selbst nach seinem Loslösen von der Familie den Lombardi weiterhin geholfen.

Es ist nicht so, dass unsere Familie seinetwegen in nur zwei Jahren zugrunde gegangen ist.
Vielmehr konnte unsere Familie dank ihm noch ganze zwei Jahre überdauern.

LÄCHEL
ZIEH
VERBEUG
Bitte...
Ich möchte Sie um etwas bitten.

... lassen Sie mich einen »Ihrer Leute« werden.
KICHER
Sehr gern.
Aller-dings...
... könnte es in Zukunft anstrengend werden, mit meinem Tempo mitzuhalten.
Bist du bereit dafür...
... Clerivan?

I Shall Master This Family

Tia.
Welches davon würde Papa stehen?
Mhhh…
Das hier!
Perfekt!
Meine Tia hat ein gutes Auge für so was.
Papa wollte genau das Gleiche aussuchen.
Wie goldig…
Ahaha…

HAURUCK
FUNKEL
Alle Vorbereitungen sind abgeschlossen...
... Sir Gallahan, Miss Firentia.
Whuaa...!
GLITZER
SHALALA

STRA
AAHL
Meine Tia wird jeden Tag hübscher!
KICHER
Du siehst auch cool aus, Papa!
»Das Lombardi-Mittags-bankett«.
Ein vierteljährliches Familienfest, das dem familiären Zusammenhalt und der Stabilität dienen soll.
Mit dem Vater…
… und dem Sohn…
… und sogar der Mutter.
Es ist nicht sonderlich effektiv, aber na ja.

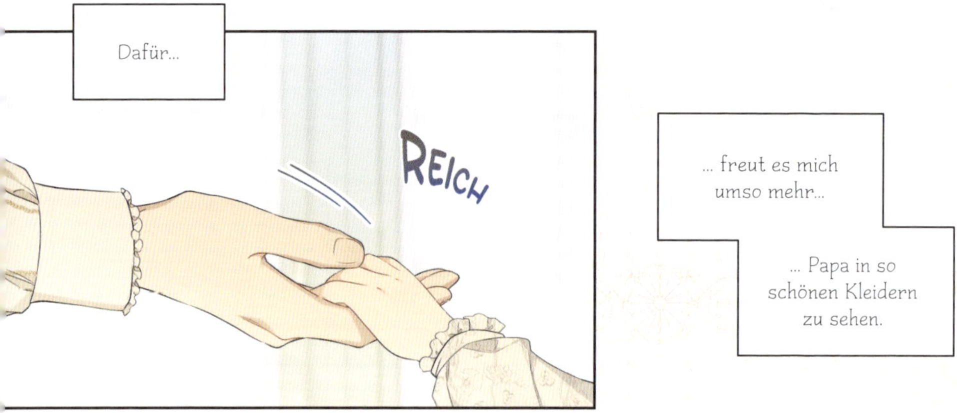
Dafür...
REICH
... freut es mich umso mehr...
... Papa in so schönen Kleidern zu sehen.

Sollen wir uns beeilen?
Ja!

KNARZ
Sir Gallahan?
!
Haben Sie etwa auf mich gewartet?
Ja, es ist dringend.
Hätten Sie kurz einen Moment Zeit für mich?
Äh…
Wir haben ein Problem mit dem Verkaufsstart in zehn Tagen.
GEDANKEN
VERLOREN
Papa!
Dann geh ich schon mal und spiel mit Giliou und Mayron!

Ja? Wärst du so lieb?
Papa ist auch sofort da...
LÄCHEL
Natürlich! Lass dir Zeit, Papa.
Auf Wiedersehen Sir Clerivan.
BEUG

Es sind schon mehrere Wochen vergangen, aber ich kann es immer noch nicht glauben.
Unfassbar, dass Clerivan einer meiner Leute geworden ist!
Tias Inneres
Wahnsinn!
STOLZ
STOLZ
Dabei habe ich damit gerechnet, dass es mehrere Jahre dauern wird.
Damit kann ich meinen ursprünglichen Plan jetzt vorverlegen...
TAPP
RAMM

Arrrgh!!
KLATSCH
Ugh...
Was soll das?
Wer um alles in der...

TSST
DREH
TAPP
TAPP
TAPP
STARR

Alles okay, Tia?
HASTIG
Hast du dich ver-letzt?
HASTIG
ZIEH
Vater hat wohl nicht nach vorn geguckt.
Lass uns auch schnell reingehen, Tia.
War das...
Hab ich etwas falsch gemacht?
VERWIRRT
Huh?
Mhh?
Es kommt mir so vor...
... als ob Sir Vestian wütend auf mich ist?
Ahhhhh...

Es ist nicht deine Schuld
Genau!
Vater kann all unsere Cousins und Cousinen ein-fach nicht leiden.
Was?
Was soll das heißen?
SCHIEL
Ehm...
Es ist Firentia, lass es uns ihr ausnahmsweise sagen.
?
Okay, wenn sie es ist, sollte es kein Problem sein.

Weißt du...
... Vater hasst die Lombardi.
Was...?
Er sagt, sie sind nichts weiter als ein dummer und nerviger Haufen Menschen.
Aber du bist gar nicht so, Firentia!
Ganz genau.

Du darfst das niemandem erzählen.
PSST
Vater sagt, es ist ein »Geheimnis unter den Männern der Schulzs-Familie«.
...
Okay.
Ich sag es nicht weiter.
Lasst uns jetzt reingehen.
Ich hoffe, es gibt viele leckere Sachen!

»Männern der Schulzs-Familie«.
Ob Tante Shananet davon weiß?
Nein, sonst würde sie bestimmt nicht so lachen können.
Sie würde die Sache eher ein für alle Mal beenden, statt so ein Schauspiel aufzuführen.
Aber, das bedeutet dann...

HAPPS

Vestian Schulzs.
Da er als Schwiegersohn eingeheiratet hat, ist ihm der Name Lombardi verwehrt geblieben.
Aber trotzdem stellt er sich in der Öffentlichkeit stets als »Vestian Lombardi« vor.
Deswegen hatte ich nie auch nur den geringsten Zweifel an ihm, aber…

Ich bin mir sicher.
In meinem vorherigen Leben war an ihrer Scheidung auch etwas faul...!
HÜPF
Huch?
Eine Traube...?

KICHER
KICHER
SCHRECK
Argh!
ZIIING
KLANK

Bellezac, was soll dieser Mi...
Hey, hey, hey, sei nicht so laut!
KICHER
KICHER
Die hat nicht mal Benehmen bei Tisch gelernt.
KICHER
KICHER
Stimmt doch?
KICHER
Ach Gott...
Was soll diese Lautstärke?
Da mangelt es wohl an Manieren?
Gallahan...
Wie wäre es, wenn du weniger rumquatschst und dich mal um die Erziehung deiner Tochter kümmerst?

HAHA
HAHA
Ich kann dir einen guten Lehrer vorstellen.
Dieser Abschaum...!

I Shall Master This Family

Kapitel 18

HAHAHA
OHOHO
BALL
Soll ich ihm eine verpassen? Oder nicht?

Aber sollte ich wirklich vor Großvaters Augen Probleme stiften?
KLACK
Ich habe gehört, dass Bellezac beim letzten Besuch des Königlichen Prinzen über seinen eigenen Umhang gestolpert und hingefallen sein soll?
Alle Anwesenden müssen sich furchtbar erschreckt haben.
Nicht einmal Firentia ist das passiert und sie ist um einiges jünger.

KALT
GRINS
Hoho…
Wieso sollten wir während so eines Treffens…
Er war sicherlich nervös, Seine Hoheit zu treffen.
Eben genau deswegen muss auf solche Details ein besonderes Augenmerk gelegt werden während der Ausbildung in Etikette.
PUHH
Aber dein Sohn war ja der Meinung, er kann bereits alles und hat vor Unterricht Reißaus genommen.

Ich frage mich, ob du ihn nicht hättest härter rannehmen und es ihm besser beibringen müssen.
Immerhin war Bellezac der Einzige, der sich so blamiert hat.
ZUCK
AUFRICHT
E...Er ist nur ein Kind, das passiert schon mal!
Lernt man normalerweise nicht aus seinen Fehlern?
In der Tat.

Kinder dürfen Fehler machen.
Tante Shananets Worte...
... sollen dazu dienen, mich zu beschützen.
Eyyy...

Hast du das gehört?
Bellezac hat vor versammelter Mannschaft den Boden geküsst.
Tat das nicht weh?
Du weißt doch, wie er losheult, wenn er sich verletzt.
OHAHAHA
Wie peinlich!
PLOPP
Ah, es gibt wirklich...
SCHWITZ
SCHWITZ
BEB
BEB
Grrrr...!

... nichts Süßeres als das.
HAPPS

Bellezac wird zum Gespött der Familie...
... und das auch noch vor Gallahans Mischblut-Tochter.
TSST
BLICK
Damit kommen sie nicht davon!
Vater, darf ich dir ein Glas einschen-ken?
RUCK
Ja, gern.

SCHWAPP
Dass Bellezac der »Gefährte« des Prinzen werden konnte…
… verdanken wir immerhin nur dir, Vater.
HO HO
Welch ein Glück, dass Sie für Bellezac eine »Ausnahme« gemacht haben.
Jetzt kann er im Königlichen Palast ein- und ausgehen, auch wenn er noch keine elf Jahre alt ist.
Nicht der Rede wert.
Sein Geburtstag ist in wenigen Monaten. Seht es als vorgezogenes Geschenk von mir.
Allerdings…
… sollte er den Königlichen Palast auf keinen Fall mit dem Lombardi-Anwesen verwechseln.
Er muss bei jedem Schritt vorsichtig und bedacht sein.

Sorg dich nicht darum!
Es war so eindeutig, dass du etwas Besonderes in Bellezac siehst…
LABER
… dass selbst die Königin ihn als Gefährten für ihren Sohn auser-wählt hat.
LABER
Wer im Palast würde sich dennoch trauen, ihn zu missachten?
UHAHAHA
Das war gewiss nicht, was Großvater damit sagen wollte…

Ach deswegen...
... habe ich ihn länger nicht beim Unterricht gesehen.
SCHIEL
STOLZ
STOLZ
Er war damit beschäftigt, den Palast unsicher zu machen.
Guck, wie hochnäsig er da sitzt wegen dieser einen Sache.
Aber dennoch, er ist jetzt der Gefährte des Prinzen...
Oder besser gesagt, ein fester Spielgefährte der königlichen Familie.

Aber wenn man es politisch auslegt...
... stellt das die frühzeitige Verknüpfung zwischen den zukünftigen Machthabern des Landes dar.
Aber...

Hmpf!
Aber wozu sollte man an so einem verrottenden Verbindungsseil festhalten?
Firentia.
!
J...Ja?!
SCHRECK
Komm mal her.
TAPP TAPP
Was ist los?
So...
WSCH

KLACKER
Mein Geschenk zu deinem achten Geburtstag.
Ein Schlüssel zu deiner ganz eigenen, privaten Bibliothek.
RAUN
RAUN
Das kann nicht sein.

Großvaters Geschenk an mich sollte doch ein »Wunsch meiner Wahl« sein.
Hat er es etwa vergessen...?
Dein Opa hat das aus eigenen Stücken vorbereitet. Deswegen die kleine Verspätung.
LÄCHEL
Tut mir leid, dass du ihn jetzt erst bekommst.
Ahh, das heißt, es ist...
... eine Art Bonus-Geschenk!
WUUUAAA
AHHH
Vielen Dank, Großvater!
Ich werde dort fleißig lernen und viele, viele Bücher lesen!

Hohoho, sehr schön!
Frag Brochel, wann immer du ein bestimmtes Buch brauchst.
Das ist also ein Geheimversteck nur für Firentia?
Ich bin neidisch!
Wooow, der Schlüssel glänzt ja total!
Hehe…
Später lade ich euch auch einmal ein.
Echt jetzt?
ZUCK
HAAH

Sag mal, Gallahan.
Weißt du, dass in letzter Zeit Gerüchte über dich in der gehobenen Gesellschaft kursieren?
Bitte?
Dass deine Ware nirgendwo Absatz findet und du deswegen Läden auf den bürgerlichen Märkten eröffnest.
Schämst du dich denn nicht, den Namen Lombardi zu benutzen?
Ah, das habe ich auch schon gehört.
Haha, aber naja... wenn das deine Entscheidung ist, müssen wir es wohl so akzeptieren.

Sir Gallahan, wirklich... wenn es hnen am nötigen Budget mangelt, sagen Sie es nur.
Mit etwas Hilfe meiner Familie...
... könnten wir Ihnen vermutlich sogar einen Platz auf dem Boulevard in Sedaquena verschaffen.
HA HA
Es ist lieb, dass ihr euch Gedanken um mich macht.
Ich nehme eure Worte dankend an, aber ich möchte dieses Geschäft ohne die Unterstützung der Familie...
... und aus eigener Kraft zum Leben erwecken.

HAHAHA
Gut, gut. Falls es dennoch an Budget fehlen sollte, scheu dich nicht, mich zu fragen. Ich leih dir was.
WUHAHAHAHA
TUPF
Gallahan.
Ich behalte dein Geschäft im Auge.
Was soll das?
Es klingt fast so...

Danke.
Ich werde mein Bestes geben, Vater.
... als ob Vater hohe Erwartungen an das Geschäft hätte...!

Erwartungen an Gallahan, diesen Idioten...?
BEB
BEB
Hey, hey alle zusammen! Das Essen schmeckt doch viel besser, wenn man es im Kreis der Familie teilt.
Meinen Sie nicht auch, Oberhaupt?
Hehehe...
Sieh sich einer ihre versteinerten Gesichtsausdrücke an.

Ich bin gespannt darauf, wie sich ihre Gesichter erst verziehen werden ...
Alles in Ordnung, Tia?
Giliou, hör auf, mir mein Essen wegzuessen!
GRINS
... wenn Vaters Laden erst mal öffnet.

!
TAPP
LÄCHEL
KNICKS
Ich habe mich schon gefragt, wieso die Bücherei genau neben Großvaters Büro liegt.
Vermutlich, damit seine Wachen sie gleichzeitig im Blick behalten können.
KRRRK

KNAAAARZ

Wuaah!
STREICH
Ich habe diesen Ort vermisst.

Von diesem Raum aus habe ich in meinem vorherigen Leben die Familienangelegen-heiten geleitet...
... als Großvater erkrankt war.
Ich hätte nie gedacht, dass ich auf diese Weise hierher zurückkommen würde.
KLOPF KLOPF
Clerivan!
Was für ein passender Ort.
Stimmt!

Der perfekte Ort für den »Spezialunterricht Ihrer Musterschülerin«.
Dieser Raum, der für mich zuvor nur ein Büro war ...
... wird jetzt zu einer sicheren Basis, in der ich meine Kräfte bündeln kann.

BAMPF
Gut.
Das sollte reichen, um mir ein ungefähres Bild von Ihrem Wissensstand zu machen.
QUASSEL QUASSEL
Es fällt mir schwer zu glauben, dass Sie erst acht Jahre alt sind. Ihr Verständnis für Handelsprozesse und Ihr Geschäftssinn sind überragend.
Wann bloß haben Sie »Der natürliche Lauf der Geschäfte« und Silmas »Theorien der Betriebswirtschaft« gelesen?
SCHWÄRM SCHWÄRM
Ein Lehrer in bester Laune
Haha...
Na, wann wohl...?

Mir blieb nichts anderes übrig, als alles darüber zu lernen, um an Großvaters Stelle die Geschäfte der Lombardi weiterzuführen.
KRITZEL
KRITZEL
Im Nachhinein ist das doch nicht alles umsonst gewesen...!
Allerdings...
... lässt Ihre Etikette noch zu wünschen übrig.

Ah...!
Ich habe den Büro- und Papierkram erledigt, bis er mir zu den Ohren rauskam.
Als die »vergessene Lombardi« hatte ich zwar die Würde des Adels...
... aber mein Wissen über die Etikette der Gehobenen Gesellschaft hat sich seit meinem elften Geburtstag nicht viel verändert.

Ah, aber wenn man natürlich Ihr Alter in Betracht zieht, sind Ihre Kenntnisse nach wie vor heraus-ragend.
Allerdings...
BAMPF
... denke ich nicht, dass Sie sich damit zufriedengeben würden.
Oder?
Du hast recht.
Für die Position des »Familienoberhauptes« braucht es eine gewisse Klasse.

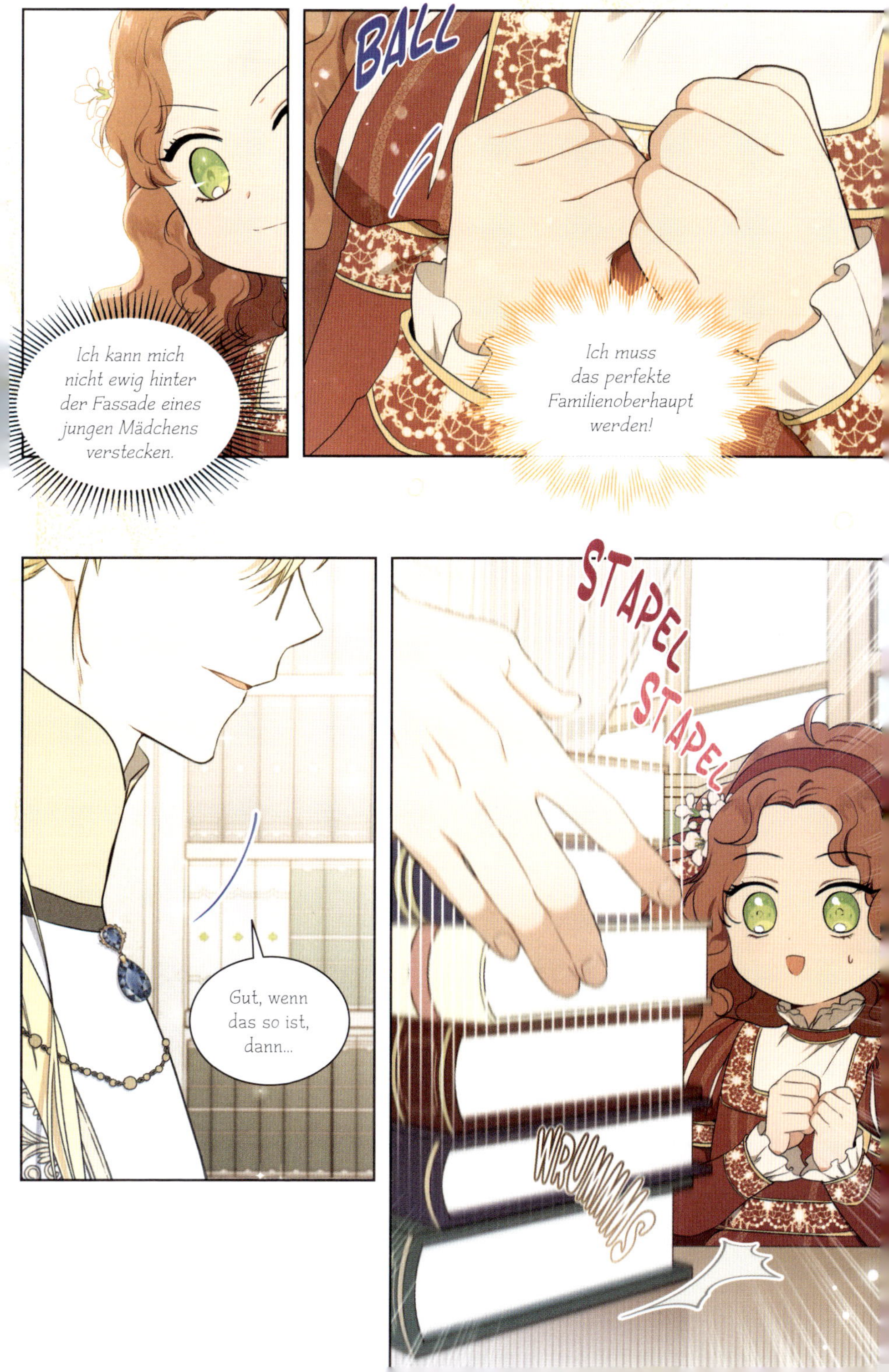
Ich kann mich nicht ewig hinter der Fassade eines jungen Mädchens verstecken.
BALL
Ich muss das perfekte Familienoberhaupt werden!
Gut, wenn das so ist, dann...
STAPEL
STAPEL
WRUMMMS

?
Nachdem wir eine anfängliche Basis über adelige Gepflogenheiten geschaffen haben...
... wäre es empfehlenswert, unter der Anleitung von Miss Shananet fortzufahren.
... anfänglich? Basis?!
BEDROHLICH
Das alles soll nur der Anfang sein?!
So.

STRA
AAHL
Wollen wir mit »Die Klassiker der königlichen Manieren« anfangen?
HO HO
Ob...
... ich das schaffen kann?

Ich habe... alles gelesen...!
KEUCH
KEUCH
Bemerkenswert.
Ihre Lesege-schwindigkeit ist überragend.
...
Aber du weißt doch sicher, dass es auf die Korrektheit und nicht auf die Schnellig-keit ankommt.
Testest du mich jetzt?
Gerade fertig-gestellt
Upps, was hat mich verraten?
...

Ich mache mich bereit.
STRECK
!
Stimmt ja!
Ah, das meinen Sie...
Was ist mit dem Laden?
Die Eröffnung ist in weniger als einer Woche. Hast du denn so viel Zeit, hier zu sein?

BLICK

Darüber mache ich mir gar keine Sorgen.

Nein, noch ein bisschen nach rechts.
Ja, genau so!
Was ist das?
Ein neuer Laden?
Ein winziger Laden an so einem Ort...?
!
DREH

LÄCHEL
Hallo, alle zusammen!
Mein Name ist Violet. Ich bin die Laden-Leitung von »Gallahans Bekleidungen«.
Die Eröffnung findet in einer Woche statt. Ich hoffe auf euer reges Interesse!
SCHÜTTEL
SCHÜTTEL
Ahh, was für eine süße, junge Dame.
Aber sag mal, was verkaufen Sie hier denn?
Ich habe von den Boutiquen gehört, die die Adeligen besuchen...
... aber von einem Bekleidungsgeschäft höre ich zum ersten Mal.
MURMEL
Unfassbar, dass sie so viel von dem teuren grünen Färbemittel benutzen können.
Das springt gleich ins Auge.
MURMEL
Egal, was es ist, es wird sicherlich unfassbar teuer.
MURMEL
Aber wieso sollten sie dann hier...

Wir sind anders als diese Boutiquen mit ihren maßgeschneiderten Kleidern!
BA BAMM
Sie können es sich so vorstel-len, dass wir Kleidung verkaufen, die sofort tragbar ist.
So... Sofort?
Ganz genau!
Mit weniger als zwei Silberstücken könnt ihr hier schon einkaufen.

PU...
Dein Humor gefällt mir.
PUHAHAHA
WUHAHAHA
HAHA
Und wenn ich reingehe, drehst du mir was für zehn Silberstücke an, richtig?
HAHAHA
Der Stoff allein kostet schon ein Silberstück.

Es ist die Wahrheit!
Ich werde mit diesem Laden lange an eurer Seite sein.
Wieso sollte ich also solche Lügen erzählen?
Stimmt es wirklich?
Na und ob!

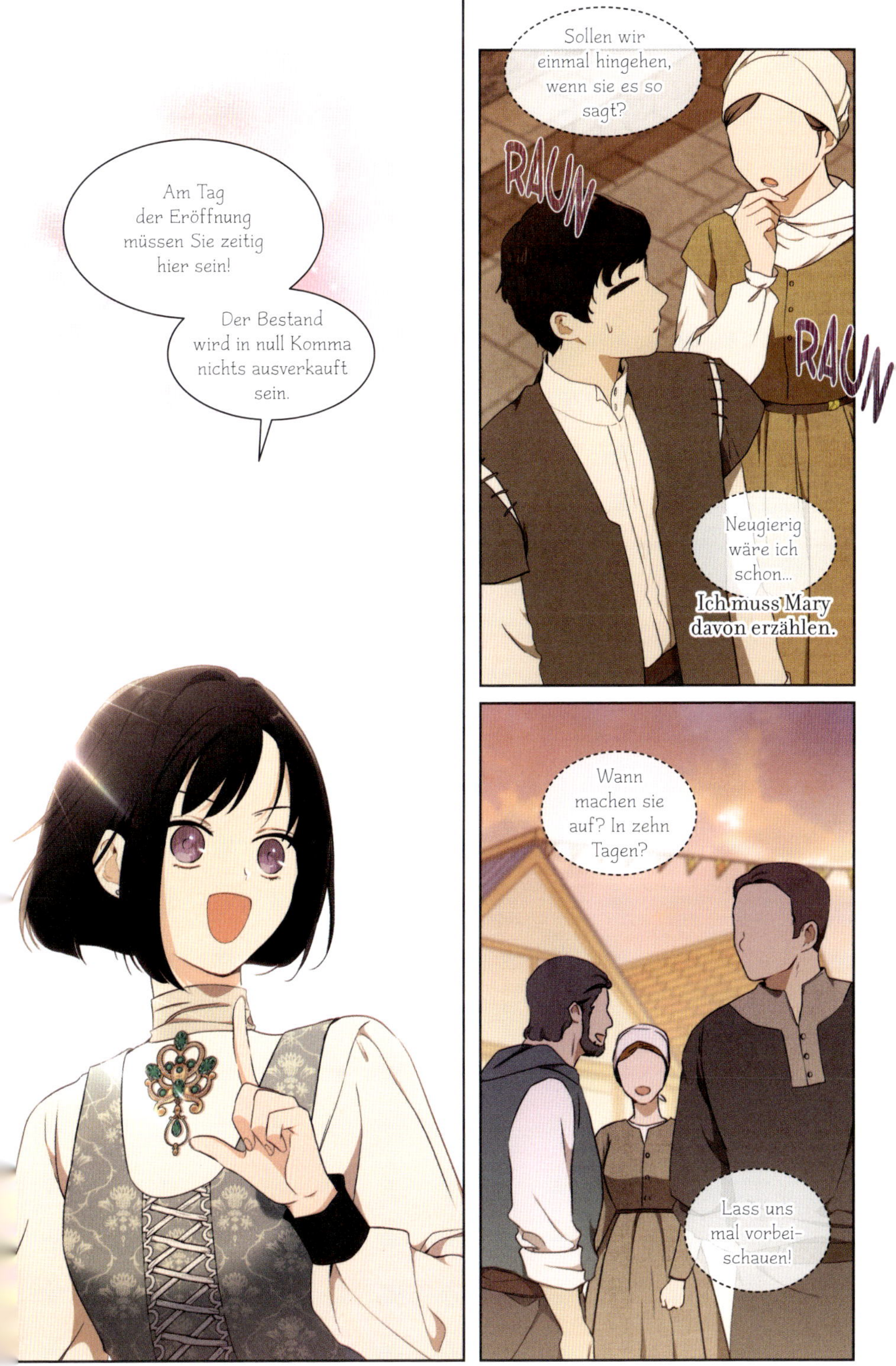
Am Tag der Eröffnung müssen Sie zeitig hier sein!
Der Bestand wird in null Komma nichts ausverkauft sein.
Sollen wir einmal hingehen, wenn sie es so sagt?
RAUN
RAUN
Neugierig wäre ich schon...
Ich muss Mary davon erzählen.
Wann machen sie auf? In zehn Tagen?
Lass uns mal vorbeischauen!

Soo!
KLATSCH
KLATSCH
Wie gesagt, unsere Eröffnung wird in einer Woche stattfinden.
Vergesst das Datum nicht und erzählt es gerne weiter.

Kommt unbedingt vorbei!

Kapitel 19

RASCHEL

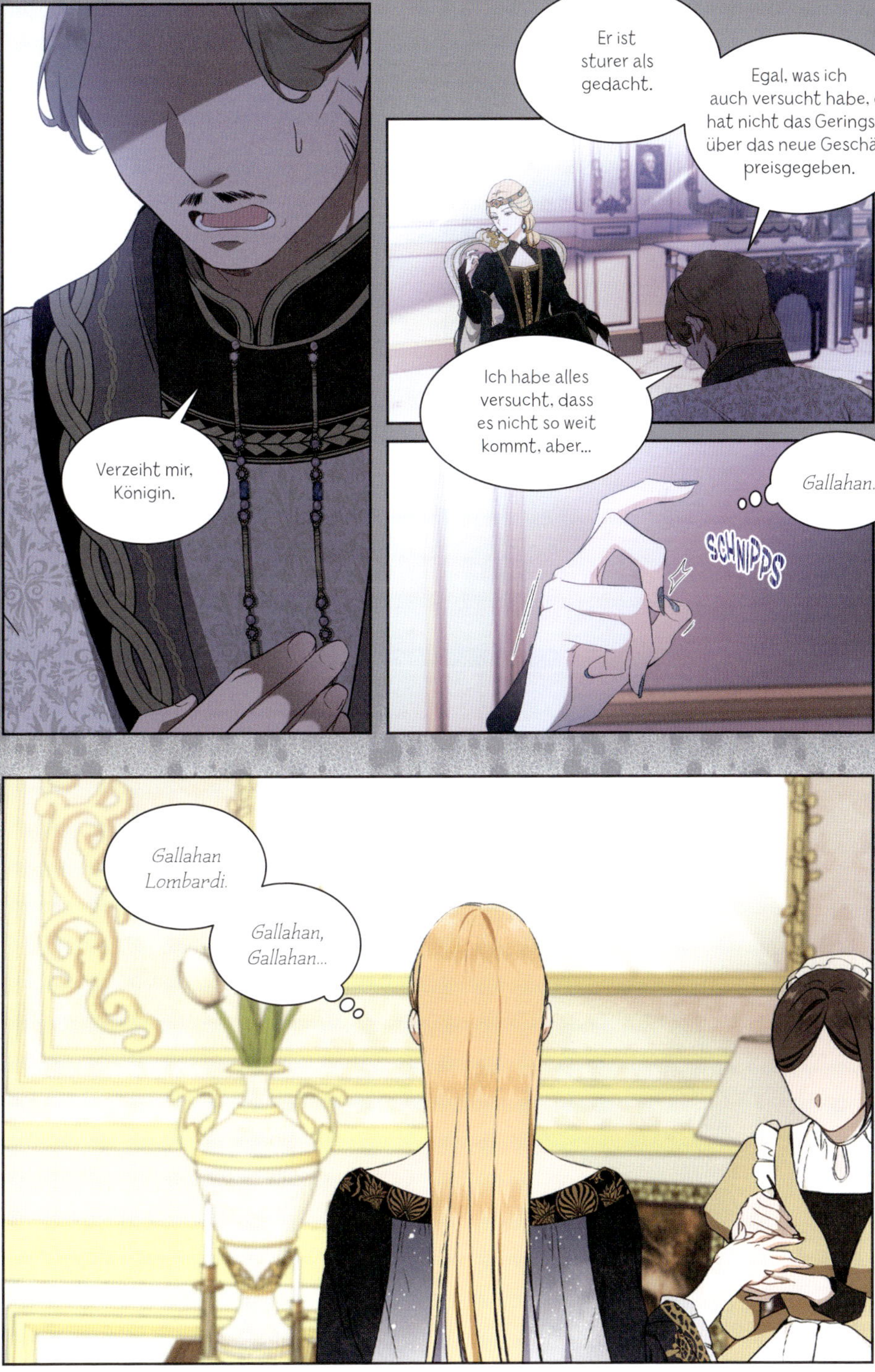

Verzeiht mir, Königin.
Er ist sturer als gedacht.
Egal, was ich auch versucht habe, er hat nicht das Geringste über das neue Geschäft preisgegeben.
Ich habe alles versucht, dass es nicht so weit kommt, aber...
Gallahan.
SCHNIPPS
Gallahan Lombardi.
Gallahan, Gallahan...

SCHIEL
Die Königin scheint missgelaunt zu sein.
An solchen Tagen muss ich besonders vorsi...
RUTSCH
Argh!
PANIK
V... Verzeiht mir.
PANIK
GREIF
Ohh...?!

DREH
Meine Königin, ich habe einen Fehler gemacht!
Königin...!
...
ZUCK
Du.
Du bleibst, alle anderen raus.
SCHAUDER

EIL
RUMMS
Wie konnte das passieren?

Wie kann es sein, dass es keine *Neuigkeiten* gibt?

Meine Königin, das... das ist...
Ich habe es genau so getan, wie Ihr es befohlen habt, aber...
...
Dein Vater wurde kürzlich zum Königlichen Schatz-meister berufen, korrekt?
J...Ja.
Wer sich im Luxus suhlen möchte, muss auch dementsprechend große Verant-wortung tragen.
Meinst du nicht auch?

E...Er
liegt jedes Mal krank vor Schmerzen im Bett, wenn ich vorbeigehe.
Bitte geben Sie mir nur noch etwas mehr Zeit.
SCHNIEF
Wie...
Wieso stirbt er nicht?

Wenn nur dieser Junge verschwinden würde, könnten wir alle in Frieden leben.
Sei beim nächsten Mal...
Er soll einfach endlich sterben...!

... ein bisschen groß-
zügiger.
SCHWAPP
LÄCHEL

S...
Sehr wohl!
Ich habe verstanden, meine Königin.

DÜSTER

KLAMMER
Gott sei Dank!
So ein Glück!
Was für eine Erleichterung, dass nicht ich sterben muss, sondern nur der zweitgeborene Prinz, um den sich eh keiner kümmert...!

Bilden Sie eine gerade Schlange!
Wir verkaufen maximal zwei Teile pro Person.
Ich wäre Ihnen dankbar, wenn Sie sich an die Ordnung halten würden.

Das ist der aktuelle Status der letzten drei Tage.

Wir bekommen jeden Tag neue Ware...
DREH
... aber sind trotzdem stets aufs Neue ausverkauft und müssen den Laden früher schließen.
Wenn es so weitergeht, sind unsere Lager in einem Monat leer geräumt.
Sieht aus, als ob wir die zweite Filiale früher eröff-nen können als erwartet.
LÄCHEL
Unsere Kunden sind mit überwältigender Mehrzahl verheiratete Frauen.
Aber das ist keine Überraschung, wenn man bedenkt, wer die Kleidung entwirft, richtig?

NICK
Definitiv.
BLÄTTER
80 Prozent von unseren neu angestellten Näherinnen...
... werden für die Produktion unserer Männer-Linie abgestellt.
Wie bitte? Aber...
... werden unsere Mitarbeiter in der Lage sein, den Arbeitsaufwand weiterhin zu stemmen?
??
Allein die Anzahl der Bestellungen aus unserer Frauen-Linie haben sich ver-doppelt.

Wenn dies das einzige Problem sein sollte, musst du dir keine Sorgen machen.
!
Das ist doch ein Bestellformular vom Oberhaupt der Lombardi-Familie!
Wahnsinn! Eine Bestellung von tragfertigen Uniformen für alle Bediensteten der Familie.
GRINS
Schau auf das zweite Blatt.
SCHWUPP
Das ist...!
Zusätzlich zu unseren neuen Mitarbeitern...
... hat uns das Oberhaupt gestattet, die Näherinnen der Lombardi-Gilde auf befristete Zeit anzustellen.

Stell sicher, dass sie angemessen entlohnt werden.
Aber natürlich!
Wenn die Näherinnen der Lombardi selbst Hand anlegen…
… kann niemand mehr behaupten, dass unsere niedrigen Preise mit geringer Qualität gleichzusetzen sind.
STRA
AAHL

Aber, Sir Clerivan, wann um alles in der Welt haben Sie das mit dem Oberhaupt ausgehandelt?
BLICK
Wenn es so ist, wie es hier steht…
… werde ich dafür sorgen, dass die Näherinnen, die für das Ankleiden der Lombardi-Angestellten zuständig sind, freie Kapazitäten haben.

Erstell einen offiziellen Antrag an Großvater, Clerivan.
Gut ausgebildete Fachkräfte steigern die allgemeine Produktivität der Arbeiter.
Außerdem kann die Produktion der Dienstbekleidung helfen, ihre Fähigkeiten für den Start der Männer-Linie zu verbessern.
Wie...
... weit voraus hat sie das alles wohl geplant?
LÄCHEL

Miss Firentia, darf ich Ihnen noch mehr Tee eingießen?
STRAAAHL
Junges Fräulein!
Wie wäre es mit frischgebackenen Schokokeksen?
SHALALA
Die Schleifen stehen Ihnen heute wirklich ausgezeichnet!
Ugh...
Wie unangenehm...!
Seit dem Erfolg des Coroy-Geschäfts behandeln mich alle plötzlich viel besser als vorher.

Junges Fräulein!
Junges Fräulein!
Junges Fräulein!
Sie sind nett, aber etwas aufdringlich.
Wenn ich das weiterhin über mich ergehen lasse, steigt mir die gute Behandlung noch zu Kopf.
Wie bei Bellezac oder diesem Ersten Prinzen…
Schnell weg hier!
Huch?
Sind Sie fertig mit dem Teetrinken?
SCHWUPP
Jap. Ich gehe jetzt in die Bücherei.

Dann sollen wir zusammen...
ZIEH
Ah, nein. Ich muss nur ein Buch holen, das ich vergessen habe.
Räumt bitte den Tisch auf, während ich kurz weg bin.
Lieben Dank! ♥
Überlassen Sie das nur uns!
KYAAAA
AAAAA
EIL
EIL

Puh, jetzt komme ich endlich zum Luftholen.
TAPP
TAPP
SCHEIN
FLATTER
Huch?

GRÜBEL
Mhh...
Aber bei diesem guten Wetter...
GRINS
Es kann sicher nicht schaden, einmal eine kleine Pause zu machen.

Mhh...
Was soll ich machen...?
Spiel mit uns!
Tia!!
!
Ich war so abgelenkt von den Geschäftsmeetings, dass ich die Zwillinge etwas vernachlässigt habe.
Gut!
Dann werde ich heute nach langer Zeit wieder mit ihnen spielen.
FLITZ FLITZ
LAUER

Hinter diesem Garten liegt doch der Trainingsplatz, oder?
GRÜBEL
Um diese Zeit trainieren die beiden sicher ihren Schwertkampf.
ZIM
Wenn ich mich anschleiche und sie erschrecke, dann...
SCH
BWHAMM

KLONG
ROLL
ROLL
ROLL
TROPF
TROPF
TROPF
Was...

BLUTIG
BAMM
Wuhahah, sieh dir ihr Gesicht an!

WUHAHAHA
Wie lustig ist das, bitte?
Bellezac ... sie blutet ...
Dieser Idiot! Er hat sich kein Stück verändert, obwohl er jetzt Gefährte des Prinzen geworden ist.
Bellezac, du räudiger Hund!
Was glaubst du, was du hier gerade machst?!
Was?! Du nennst mich einen Hund?
Nein! Das wäre selbst den Hunden gegenüber noch ungerecht.
BALL

RUNZEL
Du...!
PUST
PUST
STAPF
STAPF
Du kleines...!
AUS
Du arro-gantes Gör!
STRECK
Jetzt!

SCHMEISS
Uargh!
!
SCHWUMMER
Ahhh! Meine Augen!
Das hast du davon.
REIB
Was...
PLUMPS

B...Bellezac...
PUST
PUST

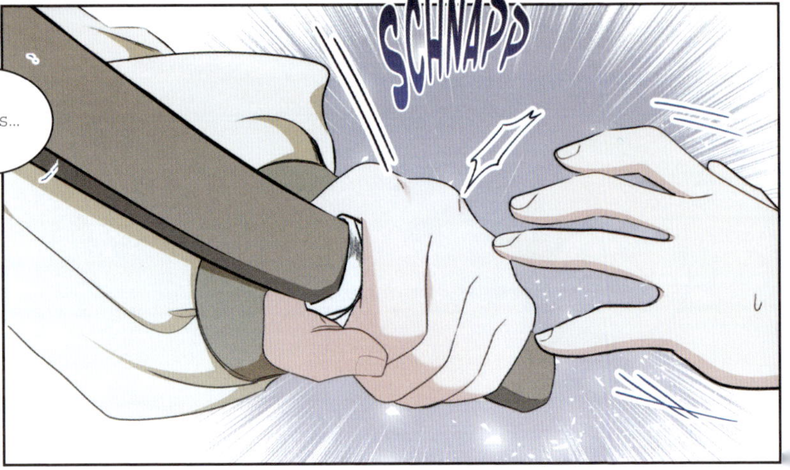
SCHNAPP
Dieses...

SCHWING
Dieses dreckige Mischblut!
DUCK
Ob ich mir etwas brechen werde? So ein, zwei Knochen?
Gut. Schlag zu, wenn du dich traust.
Ich werde dafür sorgen, dass du das wieder und immer wieder bereuen wirst...!

ZIII
UNG
BA
MMMM
Wuargh!
TAPP
TAPP
TAPP
TAPP

Tia, alles okay?
KEUCH
Tia!
KEUCH
Du bl...blutest ja!
KNIRSCH
Bellezac, du...!
WÜT WÜT
SCHREI
SCHRECK
ZIEH

Tu das nicht...
Tia?
Wenn du ihn schlägst, dann...
SCHWUMMRIG
Wenn ihr euch einmischt, wird das zu einer einzigen Schlamm-schlacht.
SCHWUMMRIG
Tia, alles in Ordnung?
Tia...!
SCHWUMMRIG
Wenn er mich jetzt schon zum Bluten gebracht hat, muss ich die Situation voll ausnutzen.
LOSLASS
ZIIII
Tia!
SCH
PLUMPS
Tia!!

Wir müssen sie schnell in den Krankenflügel bringen.
TAPP
TAPP
TAPP
TAPP
...
Nein...
Ich hab doch nur...
ZOOOO
OOOM
WISCH
Sie hört nicht auf zu bluten. Was sollen wir...
TAPP
EIL
Giliou.
Tia ist viel zu leicht.
EIL
Bellezac...
Damit wirst du nicht durch-kommen...!

WRUMMS
SCHRECK
Ah!
Oberhaupt...
... da sind Sie ja.
KAUER

VERBEUG
Wie steht es um Firentia?
Das...
So ernst ist die Sache nicht.
FUNKEL
Ehm... das könnte man zumindest fälschlicherweise so annehmen.
Aber da die Verletzung am Kopf ist, muss sie unter ständiger Überwachung bleiben.
SCHWITZ
SCHWITZ
Ihre Nase ist glücklicherweise nicht gebrochen.
Aber dennoch sollte sie in Zukunft vorsichtig sein.

PUHH
Mutter!
DRÜCK
DRÜCK

SCHNIEF
Tia hat so viel geblutet, was sollen wir nur machen?
SCHNIEF
Bellezac und Astaliu, diese Bösewichte...
Wie ist das passiert?
Versucht es mir langsam zu erklären.
HOCK
Wir waren fertig mit dem Training und wollten Tia suchen gehen.
Und da haben wir ihre Stimme im Garten gehört.
SCHNIEF
SCHNIEF

Aber als wir hingegangen sind, haben wir gesehen, wie Bellezac mit einem Holzschwert immer und immer wieder...
Deswegen sind wir ihr sofort zur Hilfe gekommen.
Du sagst, Bellezac hat... Firentia mit einem Holzschwert geschlagen?
SCHNIEF
Tia lag schon auf dem Boden...
... und hat wie wild geblutet.
WEIN
Ich war so wütend, ich wollte ihm selbst eine verpassen.
SCHNIEF
Aber Tia hat mich aufgehalten.
WEIN
WUÄÄÄÄH
Tia ist so gutmütig, aber dieser Idiot Bellezac hat... Wääääh!

DRÜCK
SCHLUCHZ
SCHLUCHZ
Vater...
SCHNIEF
Ich weiß.
Johann.
WRUMMS

Bring Bellezac und Astaliu...

... unver-züglich in mein Büro.

I Shall Master This Family

YUKO INARI

10th

DOPPELT VERLIEBT IN DEN BESTEN FREUND…

Take und Umeko sind seit ihrer Kindheit befreundet. Da Take schweres Asthma hat, fehlt er oft an der Schule und hat aufgrund seines Außenseiterstatus eine emotionale Mauer um sich gezogen. Selbst Umeko, die sich immer aufopfernd um ihn kümmert, wird nicht besonders nett von ihm behandelt. Doch als auf der Oberschule der fröhliche und beliebte Matsu in das Leben der beiden tritt, ändert sich mit einem Mal alles: Seine positive Art lässt erobert ihre Herzen im Sturm. Während die drei nach außen hin wie eine unzertrennliche Dreierclique wirken, merken sowohl Take als auch Umeko, dass sie sich in Matsu verliebt haben… Aber ist es wirklich wert, dafür die Freundschaft zu riskieren?

In DREI BÄNDEN abgeschlossen!

Romance • ab 14 Jahren
Großtaschenbuch • schwarz-weiß/farb
ca. 210 Seiten • 12,5 x 18 cm

HAYABUSA
www.hayabusa-manga.de

hayabusa_manga HayabusaTw

moving forward
Nagamu Nanaji
Ein Mädchen –
ein Lächeln – ein Blog
Kuko, 15, prescht voller Energie durch ihr Leben im malerischen Kitano-Viertel von Kobe. Sie bloggt über ihren Teenageralltag und weder ihr Vater noch ihre Freunde ahnen, was Kuko wirklich auf der Seele liegt: Die Frage nach dem Sinn des Lebens.
Leidenschaft & Freiheit!
Eine starke Heldin blickt nach vorn, mit einem Lachen!
Nagamu Nanaji
1
moving forward
CARLSEN MANGA!
ARUITOU © 2011 by Nagamu Nanaji / SHUEISHA Inc.
CARLSEN MANGA!
www.carlsenmanga.de

12 Jahre
Nao Maita
Wie fühlt sich wohl ein inniger Kuss an?
Hanabi geht in die sechste Klasse – erwachsen ist sie noch nicht, aber auch längst kein kleines Kind mehr! Ihr Hauptthema zurzeit: Jungs. Ziemlich unsensibel und blöd sind die … aber, Moment mal, eigentlich auch ganz süß … Verdammt! Ist Hanabi etwa verliebt? Und was ist mit ihrer Freundin Yui los? Sie streitet sich unentwegt mit Kazuma – etwa nach dem Motto »was sich neckt, das liebt sich«?! Als sie dann auch noch die Klassenlehrerin beim Knutschen erwischt, will Hanabi es wissen. Wie fühlt es sich an, jemanden zu küssen? Und vor allem, wie stellt man das an? Fragen über Fragen in einem ganz besonderen Alter – willkommen im turbulenten Leben einer Zwölfjährigen!
1
12 Jahre
Nao Maita
CARLSEN MANGA!
CARLSEN MANGA!
www.carlsenmanga.de
12SAI. © 2013 Nao MAITA / SHOGAKUKAN

Bigger than you!

Koharu ist ziemlich großgewachsen für ein 15-jähriges Mädchen (1,80 m!), fühlt sich aber sonst ziemlich normal. Sie hat keine besonderen Talente und ihre Schulclique ist auch so normal und dramafrei, wie man es sich nur wünschen kann. Da sie auch alle Jungs um Längen überragt, glaubt sie nicht, dass sie jemals einen Freund finden wird, bis sie eines Tages auf den »schwierigen« Kiyoshiro trifft. Unhöflich und fast zwei Köpfe kleiner als sie bringt er das ruhige Leben der schüchternen Koharu gehörig durcheinander…

CARLSEN MANGA!

www.carlsenmanga.de

My Roommate is a Cat

Story: Minatsuki Art: As Futatsuya

Einfühlsamer Comedy-Spaß!

Der zurückgezogen lebende Mystery-Autor Subaru Mikazuki kann es gar nicht leiden, von anderen in seiner Fantasiewelt gestört zu werden.

Doch plötzlich läuft ihm eine kleine Katze zu – eine für ihn bis dahin völlig rätselhafte Existenz – und inspiriert ihn zu einem neuen Roman!

Ein unbeholfener junger Mann und ein kleiner Streuner auf der Suche nach dem gemeinsamen Glück – abwechselnd erzählt aus beiden Blickwinkeln – ein Muss für alle, die schon immer wissen wollten, was wirklich im Kopf einer Katze vorgeht!

CARLSEN MANGA!

www.carlsenmanga.de

I Shall Master This Family

C Lines
2024 Carlsen Verlag GmbH * Völckersstraße 14-20 * 22765 Hamburg
Aus dem Koreanischen von Annabell Führes
I SHALL MASTER THIS FAMILY

Covergestaltung: Peter Mrozek
Redaktion: Lena Dilger
Herstellung: Lena Voigt

ISBN: 978-3-551-80345-0

carlsen.de/webtoons
carlsen.lnk.to/CarlsenSocialMedia
hayabusa_manga
carlsen_manga

MIX
Papier aus verantwortungsvollen Quellen
FSC® C100431
FSC www.fsc.org

Wir produzieren nachhaltig
- Klimaneutrales Produkt
- Papiere aus nachhaltigen und kontrollierten Quellen
- Hergestellt in Europa